天道酬勤

都业富回忆录

都业富　都军　陈铭　著

花城出版社

中国·广州

图书在版编目（CIP）数据

天道酬勤：都业富回忆录 / 都业富，都军，陈铭著. ——
广州：花城出版社，2024. 8. —— ISBN 978-7-5749
-0294-7

Ⅰ. Ⅰ266.5

中国国家版本馆CIP数据核字第2024RZ0256号

出 版 人：张　懿
责任编辑：林佳莹
责任校对：李道学
技术编辑：凌春梅
封面设计：张年乔

书　　名	天道酬勤：都业富回忆录 TIAN DAO CHOU QIN: DU YE FU HUI YI LU
出版发行	花城出版社 （广州市环市东路水荫路 11 号）
经　　销	全国新华书店
印　　刷	广州市岭美文化科技有限公司 （广州市荔湾区花地大道南海南工商贸易区 A 幢）
开　　本	880 毫米×1230 毫米　32 开
印　　张	11
字　　数	227,000 字
版　　次	2024 年 8 月第 1 版　2024 年 8 月第 1 次印刷
定　　价	68.00 元

如发现印装质量问题，请直接与印刷厂联系调换。

购书热线：020 - 37604658　37602954

花城出版社网站：http://www.fcph.com.cn

爸爸其实没有走，他变成了天上的一颗星星，当你有什么事情找不到答案的时候，你就在晚上仰望星空，看着爸爸，他一定会给你一个你想要的答案。

序

带我来到这个精彩世界、陪伴了我42年的妈妈——赵景英在2018年6月12日离开了我们；陪伴我45年的爸爸——都业富在2021年11月27日也离开了我们。尽管世人皆云人生短暂，总有结束的那一天，但真的到了要结束的时候，精彩收尾是人生完美的重要组成部分。当然，人生最后的精彩在很大程度上是由下一代来书写完成和实现的。

我父母在离开我的时候都很匆匆，因为身处异地和疫情管控，我没有见到两位至亲的最后一面，他们无法像电影里的镜头那样交代我什么具体的安排，说最后一句话，给我最后一个微笑，我只能凭借自己对父母的理解帮他们谱写最后的灿烂篇章。

在思考做什么样的收尾最有意义的时候，我发现一本人生传记也许是他们最期待的，也是能实现家族传承最好的方法。因为我也会逐渐老去，孩子们会慢慢长大，孩子们也会有他们的幸福家庭。今天还未成年的孩子对爷爷奶奶的怀念是有限的，也许他们到了我这个年纪就会对自己的家族历史充满好奇，也许他们会努力探索他们的祖先是哪里人，他们为什么姓"都"，他们的先人经历过什么样的传奇人生，他们爷爷奶奶的一生是怎么闯荡的……而记录了人生经历的传记就像一把钥匙，能够解开几十年几百年以后这些问题的答案，也能带孩子们去找到历史发生的真实场景，所谓按图索骥。

我努力找到陪伴爸爸妈妈在其人生各个阶段的家人、同事、朋友，请他们帮我拼接老爸老妈的人生经历模块，形成了这本传记。

迪士尼电影《狮子王》给我留下最深刻的记忆就是木法沙说给辛巴的一段话："爸爸其实没有走，他变成了天上的一颗星星，当你有什么事情找不到答案的时候，你就在晚上仰望星空，看着爸爸，他一定会给你一个你想要的答案。"

为了更靠近已经化为星星的爸爸妈妈，我在2023年7月5日来到中国最高的建筑——上海中心J酒店顶楼大堂吧，在这里写下了这篇序言。我像辛巴一样仰望星空，寻找属于我的人生答案。

都军

〔目录〕

附件

第 一 章

不凡的祖辈

一、北头村中有祖庙

在我国的百家姓中，"都耿满宏"里的"都"这个姓氏算比较小众，最新统计显示全国有15万都姓人口，排名261位。其中山东省有2万多人，分布最多。

出门在外，总有人会问都业富："你这个姓不多见，是哪里来的？"都姓起源于哪里，最早开基立业的祖先是谁，这个姓氏有多少年历史了，又经历了怎样的开枝散叶、分落四方？都业富一直想弄清这个萦绕脑海很久的问题。为此，都业富查找了相关资料，广泛联系外界并仔细研究族谱。

根据史料考证，"都"这个姓大有来头！它有着黄金家族血统，从开宗鼻祖繁衍至今，已有800余年历史。

2016年，都业富带着儿子都军，第一次来到中国黄海边一个叫北头村的地方。这是一个小渔村，距离黄海约一公里，位于山东烟台市牟平区姜格庄镇，九成村民都姓"都"（dū）这个不太常见的姓氏。周围的酒馆村、峒岭村、东场村、南北松山、夏家疃、双林前等村庄也有分布，都姓人数约5000人。据说，中国北部大多数姓"都"的人都是从这个村子里走出来的。

北头村至今较为完好地保留着一座古老的都氏宗祠，2013年被山东省人民政府列为省级文物保护单位。宗祠坐北朝南，分别由正房、倒座组成，占地212平方米，为中国传统的合院式建筑。

宗祠也是村子里存在年份最古老的房子，究竟建于何时已无从考证。根据院内墙上的一块石碑记载，宗祠曾在清朝嘉庆七年（1802）修缮过。2015年宗祠再次进行大规模维修扩建，一年后，2016年5月14日这一天，办了一件全国都姓人的大喜事——都氏家祠建修落成并举办祭祖大典。分散在全国各地的都氏房头后人千里迢迢纷纷赶来，相认相聚，认祖归宗。

退休前，都业富是位于天津的中国民航大学的教授。但天津只是他的工作地方，他是在东北长白山下、鸭绿江畔临江市一处村里长大的，自幼即知祖上是闯关东而来的山东人，具体的祖宗谱系，却并不明了。

2015年，正当北头村要修缮宗祠时，都业富之子都军在深圳偶然认识了一个叫都基凯的兄弟，从名字里有个"基"字来看，应该是"基"字辈，那就与他祖父都基财同辈。

都姓在中国太少了，加上字辈也符合，都军判断肯定是一家人。听都基凯说，山东老家的祖庙要开庙了，邀请他们也去看一看。

都军将此消息告知父亲都业富。都业富一听很高兴，带上儿子都军和老家亲戚都田芳专程去了趟山东，到烟台市北头村看到了那块九龙壁。

关键是，都业富的名字中的"业"字，就在字辈名单上！说明都业富本人和其父亲，都是严格按照字辈来取名的。

山东省烟台市牟平区北头村都氏宗祠落成大典

位于山东牟平的都氏宗庙的九龙壁——都氏辈分释义

都业富在都氏家祠落成大典上接受蒙古族同族本家少女敬献的蓝色哈达

毫无疑问，他们属于这个家族。都军后来回忆这一幕说，看到九龙壁，大家就特别有归属感。因为一个人，是需要找到自己的出处，才能在心灵上获得安宁和安全感，也才有落叶归根的归属感。

这次寻根问祖之旅，令都业富非常兴奋，自己捐资4000元，儿子都军捐资3000元，女儿都红捐资2000元，孙女都馨仪捐资1000元，将名字都镌刻在功德墙上。

都业富、都红、都军、都馨仪在都氏家祠功德墙上的认捐记录

都业富与都军和
都田芳在都氏家
祠落成大典签名
墙前合影

都业富和都姓祖先
必里海雕像合影

都氏宗祠内殿供
奉的先祖

二、谱中自有祖宗魂

祖先是谁、从哪里来，又是如何延续下来的？

都业富作为都姓东北临江一支后人参加祭祖庆典，虽然也就短暂几天时间，但他非常开心也很激动。对他来说，他的根在这里，他的祖先在这里，今天，都氏800多年历史终于被接上了，续上了，天下都姓，一脉相承，代代传承，繁衍昌盛。

但是，总体有数，并不意味着东北临江一支也有明确的谱系，甚至反而因此生出更多的细节问题：我们是从哪里来的，我们一代代、一辈辈，都有哪些人，他们都是谁？

作为一个学者，仅仅知道大体由来是不够的，他需要具体而微的历史细节，来丰满家族史料，不给后世留下任何模糊空间。

根据祭祖大典的启示，都业富决定做一件人生中的大事——重修临江这支都姓的族谱。这件事情对他来说，意义非同寻常。他想借此告诉后人，我们这一支都姓，清晰可考的相关传承脉络，每一位都姓后人，都有名有姓、有血脉传承。

在都业富重修族谱过程中，儿子都军才了解到都姓家族的很多几乎被掩埋在故纸堆里的尘封往事：祖先是如何从山东闯关东，在东北长白山一个紧靠朝鲜的叫临江的山下村子，勤俭持家，开基立业，良田数亩，积累下丰厚家业，建成富甲一方的都家大院，又与来袭的胡子（土匪）英勇开战。之后，都家又是如何衰退没落，归隐尘世的。

一部都家史，既是一部移民史、一部迁徙史，亦是一部家国史。

一个丢失的历史信息是，由于离开了家族圈子进津工作，都业富的子女，已经没有按字辈取名了，这可能是一大遗憾。他的儿子名都军，女儿名都红。

都军在读小学时就问过父母，为何给自己取了这个名字。得到的答案是"时代的产物"。因为那个时候都是叫"建国""建军"之类的，很是流行，所以都业富给儿子取名都军，估计是因为当时的崇军气氛；而女儿都红的名字，估计第一个原因是长在红旗下，第二个原因是红军，同样与崇军的时代氛围相契合。

因此，都业富和父亲都基财，都是按字辈取名，到了下一代，反而丢失了传统，导致脉络中断。都军在有自己的女儿和儿子后，也曾想过要不要给孩子取名字的时候传续家族脉络的问题，但最终还是放弃了。时代在发展，历史的车轮很难回头。

修谱这事，除了出钱、查找资料，还要协调族人关系，并非易事。好在都业富正好是长子长孙，身份方便。他的父亲是长子，有两个弟弟；他自己四岁丧母，兄弟就他一个单传。

而到了下一代，都军辈也只有一个男丁。所以当都军的第一个男孩都泽鑫出生的时候，都业富非常兴奋，相当于都家这一支能够传承四代人了，还有机会一直传承下去，而不是在自己可见的视野中戛然而止。

都业富修谱，从两头着手。一头是从最早的山东老家开始，那本老家谱里，从1860年有了祖庙开始，一直延续到现在。在这里，都业富主要的工作是确定自己的祖父、父亲辈在谱中的确切信息，以便能够确认自己的根在北头村。

另一头，他用了很长时间，根据记忆问了一圈东北的亲戚核对人丁，并倒推出出生年月。比如他自己是1939年生的，他父亲可能就是1891年前后出生的。然后再往前倒推，能倒到18××年，再往上就能够与山东老家的家谱完美地连成清晰的脉络，形成一代代人完整的延续。

都业富用Excel表格，详尽考证，将所有能联系上的临江族人全部列入，写了本小家谱出来，成为山东版老家谱的支系。

2016年5月8日，都业富写下一段文字："我根据清朝咸丰七年的族谱及中华民国二十年吉林省集安县都本德的续谱，从都本有开始以来，在吉林省临江，都氏一支的演化及现状。"

都本有生了三个儿子都兴春、都兴发和都兴堂，都业富续谱时就从这支开始，截至2016年。

其中，都兴春的后代主要分布在天津、深圳、吉林省抚松县、山东青岛和国外加拿大等地；都兴发的后代主要分布在吉林省白山市、长春市和北京、天津等地；都兴堂的后代主要分布在吉林省临江市、白山市和河南省信阳市、郑州市等地。

都氏家谱是卷轴，只能倒推五代到六代。都业富将卷轴拼在一块，再经过近一年的努力，都业富将都本有的后代，除个别名字无法调查清楚之外，绝大多数名字都准确无误地写入了续谱。

都军仔细看了族谱，但发现没有自己，一发问，才知道每卷卷轴上从上到下记录四五代人，但只有人去世后才能登上去，活着的时候是不能登上去的。族谱内容为：表1为供奉品（忠孝堂）列出的世祖，表2为长支都兴春的后代，表3为次支都兴发的后代，表4为三支都兴堂的后代。（详情见附件）

修谱完成后的第二年，都业富带上子女回了趟东北老家，其意义和目的有两方面——一方面是小家谱完成的一次仪典，另一方面是希望准确地寻找到祖坟。他告诉晚辈，哪位祖先埋在哪个地方，周边大概是一个什么样的地形地貌环境，然后对照着家谱讲先人故事。有些人，有些事，都业富都很熟悉。虽然孩子们完全陌生，且实际上也很难记得住祖坟的具体位置，下次再去也不一定找得着，但都业富不会，因为这些是他永远的记忆。而正因为他的坚持，这些也成为都军永远不会忘记的记忆，并希望能一直传承下去。

现在，都业富已经过世，他留下的这些卷轴和族谱，成了后人神圣的精神遗产。尤其是卷轴，都军只打开过一次，但是时间太久远了，纸片早就黄了，甚至都会碎。

因为卷轴每家族人一本，所以合起来正好是一本完整的族谱。都基财去世后，他的名字是用钢笔写在卷轴上的。

都军觉得，这本卷轴太神圣了，一定要拍下来，作为这部传记很重要的一部分内容。"这是第一个物证和历史,第二个是北头村的九龙壁。"九龙壁和族谱,记载了都姓这个家族几百年的跌宕起伏,风云变幻,人世沧桑。也许是自己身世坎坷,加上早年就离开了东北,都业富特别思乡念旧,在他看来,尊祖敬宗是中华儿女的传统美德,家谱上以敬宗,下以收族,怀亲念祖,垂范后世。

都氏家谱卷轴(全图)

都氏家谱卷轴（顶部，本谱最上的大家长是都呈维和陈氏；中部，本谱都呈维这一支的已逝家族成员）

如果说卷轴是小家谱，那九龙壁就是认亲的标记：都姓配套字辈，两点连一线，几乎可以百分百确定他就是都氏子孙，是都氏大家族成员。大家拥有共同的祖先，"没跑的，错不了"。

三、达鲁花赤镇胶东

都氏最早的家族故事，要从宗祠的两副对联说起。

贴在宗祠大门口的对联，上联为**"奥鲁劝农，在元朝总执州事"**，下联为**"以官为姓，至昭代世处海滨"**。内堂处对联，上联为**"系黎阳镇临淄子惠元元众庶尚称扬功德"**，下联为**"文司农武副使官箴凛凛后人当则效忠贞"**。这两副对联中蕴藏着都氏家族的起源和千百年来的家训。

"都"字为多音字，做姓氏时读"dū"，在华夏姓氏中较为稀少，历史可追溯到周朝。根据《姓氏考略》记载："郑公孙阏（è），字子都，后以为氏。"即汉族中也有都姓，但我国有明确记载的汉族都氏人口数量很少，现有都氏大部分来自蒙古族后裔，与西汉时临蔡侯都稽没有一点关系。

蒙古族支都氏，则来自蒙元帝国时期的帝裔。

据祖居地北头村所在的山东烟台牟平历史文献《登州府志》《宁海州志》《牟平县志》，以及都氏宗祠保存的《都氏族谱》记载，这一支蒙古族支都姓始祖为成吉思汗家族的都·达鲁花赤·必里海。

达鲁花赤是元朝中央政府派往地方管理军事、政治、经济的最高长官的官职，地方机构中的达鲁花赤掌握实权，而此职只能由蒙古人担任。

《辞海》中对"达鲁花赤"解释为：蒙语，译为掌印官。元代朝廷各部、院，以及各路、府、州、县均设达鲁花赤，如同今天部队的政委一职，军师旅团均有政委，级别不同。元代各级地方政府里汉人不能任正官，而由蒙古人或色目人担任，以掌实权。其职是对当地官员进行监督并掌握最后的裁决权力，初置于成吉思汗十八年（1223），并具有世袭特权。

北头村都氏家祠（也称为宗祠）内，矗立有一尊雕像——一个长相明显是蒙古族的官员，骑着一匹高头大马，此人就是都氏先祖必里海。

必里海是成吉思汗的嫡孙，是黄金家族"探马赤军"的统帅，正宗的帝裔，因此今天的都氏宗祠内供奉着成吉思汗的雕像。

但也有一说，都氏是木华黎那条线的人。木华黎原本是蒙古人的奴隶，后来成长起来，被成吉思汗封为"太师、国王"，并将象征着蒙古最高权威的"白纛"赐予了他。从这时起，理论上来说，原来整个金朝的土地，包括未来所有的汉地，都成了木华黎的封地。由于山东是原金国的土地，都氏始祖是木华黎的人，也说得通。

在800多年以前的元朝初年，必里海因军功被下派到胶东半岛海滨，担任宁海州（包括今烟台市牟平区及威海市文登、荣成、乳山等区县）的最高长官都达鲁花赤，也管军队后勤和农业、兼管登州、莱州，几乎涵盖整个胶东地盘，所以在他的官衔达鲁花赤（掌印官）前又加上一个"都"字。

他的儿子叫抄儿，孙子叫不老赤，均生于牟平。必里海去世后，其子孙抄儿、不老赤相继袭位，也按例世袭官职达鲁花赤，前后计89年，从时间长度看，几乎贯穿整个元政权存在时期。

但在记载中，因元朝恢复科举制度，不老赤去世以后，必里海的子孙不再世袭担任达鲁花赤之职。据记载，必里海于1260年去世，这一年正好是忽必烈称汗的年份。也即，忽必烈灭宋前，抄儿已任牟平达鲁花赤。也就是说，元政权建立后，可能只有不老赤担任过一代人的达鲁花赤。

一个合理的猜测是，由于山东早沦陷于金国，因此蒙古人到达山东的时间，先于灭宋。因此必里海担任胶东达鲁花赤的时间，应该从更早，而非灭宋时间算起。必里海祖孙三代人担任达鲁花赤的时间有89年是可能的，但该时间段应该包括了灭宋前后，即元政权的前半段。

四、渤海岸边有家园

没了官职，成为平民百姓，必里海的后裔子孙隐居黄海岸边，落户于今烟台市牟平区姜格庄街道北头村，成了牟平人。

北头村距离宁海州驻地老牟平城约30公里，距离当时的海防前哨金山寨约8公里，这也许是他们选择北头村的原因。

汉族政权明王朝成立后，官方铲除前朝蒙官，并押解京城问斩。然而，必里海及其子孙在执政时，政治清明，受到汉人拥护。为此，烟台百姓联名上书，舍命相保。此举感动朝野，明太祖朱元璋遂免本支蒙古人之罪，且钦赐必里海后人姓"都"，让他们铭记先祖之德。

这便是这支蒙古人姓"都"的开始。

明朝嘉靖年间，他们从宁海州迁到了今牟平区姜格庄街道北头村，逐步形成了北头村及酒馆、峒岭、东场、南北松山、夏家疃、双林前等都姓居住的村庄。

都氏祖先定居北头村之后，养牛习耕作，造船学捕鱼，艰苦创业，繁衍生息。其子孙逐步播迁至周边，亦有徙往外县市或外省者。到今天，出自牟平的都姓人口全世界已有十万余人，在东北地区、内蒙古、北京、河北、河南、安徽、四川等全国各地均有分布。

到了清代雍正、乾隆年间，随着闯关东的兴起，从牟平析出部分都姓族人，迁徙到东北定居。总体而言有三大支，分别迁居在辽宁省大连市庄河市、瓦房店和盖州，接着继续向北迁徙，逐步遍布东北三省及内蒙古范围。

从起源上讲，全国都姓并非完全同源，但是"一笔写不出两个都字"，都姓人之间有一种强烈的亲情纽带，两个不同来历的都姓人都会成为一家人，表现得很亲近。

实际上，汉族都姓人非常少，基本上也可以确定都是同族。

必里海及其子抄儿、孙不老赤的记载很明确，但由于后世归于民间，文献记载阙如，中间颇多不可考之处。直到清代时期修撰《都氏族谱》时，所记世系追溯至明朝时期居住在牟平北头村的都氏三兄弟镇、亮、宁三公，以三公为都氏一世祖，始有信谱。三公之前的世系，因年代久远，无从追溯。

自三公始，按三大支汇成谱书。在原有辈分用字"镇（亮、宁）国应宏汝、呈思丕世悦"十个字的基础上，新择二十字为都氏子孙第十一世开始的排列用字，即：元本兴基业、书田永克昌、进修传广训、继述正伦常。

都业富与其父亲都基财取名都在这个谱系中，都军和都红应该是"书"字辈。

都业富堂弟名都业清，其女名都田芳，为"田"字辈，可能是越过了"书"字辈。按取名规矩，都军和都红姓名中间一个字应该是"书"。

都氏族人有着很强的凝聚力，散落在各地的都姓子孙自豪地称自己为可汗后代，无论走到哪里，只要碰到都姓友人，都当作亲人看待。为了弘扬都氏文化，都氏家族还曾请都业富谱曲作词，写了一首家族歌曲《自豪的可汗后代》，让都氏后人倍感振奋，重新领略了当年祖先驰骋草原、辛苦创业的激情与豪迈。

《自豪的可汗后代》歌词：

马背上的家园跨越了万水千山，长生天的祝福带来了吉祥平安，祖先的恩德，书写了壮丽的诗篇，宗祠的香火，照亮了激情的明天。弯弓射箭，直冲霄汉，纵马草原，问鼎中原，自豪的可汗后代，家祠神圣，精神家园！奋进的都氏后代，家族腾飞，共同心愿！

五、青岛大姑找历史

盛夏季节，我们从炎热的深圳来到青岛。夜宵分量大得让人感觉到了东北海鲜新鲜又便宜，啤酒很好喝还不醉人。

以前就曾听很多同学谈起过青岛的名人，我中学时代喜欢过一个东北的作家，后来定居青岛。

青岛应该是一座无论南方人北方人都会喜欢的城市，都业富的大堂妹都业华的儿子对我们说，青岛一年四季都是二十几摄氏度的气温。

都军一见到都业华就非常亲近，可见两家往来的密切。访谈的整个过程中，我们提前准备的提纲都没有发挥太大的作用——他们俩闲话的家常就能让我们得到很多信息了。

都业华家中正在装修，除了床，几乎没有落脚之处，于是我们一行人窝在床沿边，听都业华回忆大哥都业富。

都业华说来青岛是为了照顾即将要中考的孙子，不然现在还在长白山下的抚松县松江河镇呢。

青岛离天津近了很多，都业富最近一次病情严重就在天津家里，当时都业华急着想去看哥哥都业富，但是一走开孙子就没人照顾了，也很难走开。

后来听说哥哥转危为安，去了云南养病，他们还时常通电话，说等她孙子中考完了，来云南找他玩。都业富也对她说，你一定要来啊，都军找了一个很好的房子，这边风景可好了，有山有水。

都业富和都业华都没有想到，都业富并没有等到那一天，两个人云南的约定成了遗憾。

都业华作为大姑，对都军一家非常关心。都军有一次酒后摔伤，还经常熬夜，听都军介绍说我们是他的朋友，都业华趁都军不在时，拉着我们的手说："你们是他的朋友，一定要多劝劝他，注意身体，我们做长辈的，又离得远。"

分别时，都业华热情地对我们说，以后来青岛一定要找他们，都家的后辈来到青岛，必定会联系，几乎都在他们家。

都军和大姑都业华全家合影

第二章

闯关东

一、开基立业迁临江

都业富的祖父都兴春保存的供奉品忠孝堂记载，临江都氏一支的始迁祖是都业富的曾祖父都本有开始。

2016年4月2日，都业富带着子女回临江老家高丽沟子扫墓时，还拜谒过这位曾祖父的墓。

从临江市区出发往东北方向，一条绵延百里的山岭通往桦树镇。这条岭东北——西南走向，应该属于长白山系的一部分。高丽沟子村位于山岭西坡下，坡下有农田、村庄、玉米地、小树林、小溪，风景秀丽，这里是都业富打小成长的地方。

根据都兴春留下的这份材料，以及都本德于民国二十年（1931）的续谱，清朝乾隆年间（约1770），七世祖都呈宗、都呈维等人由山东省牟平县（今山东烟台市牟平区）迁居辽宁省岫岩县（今鞍山市岫岩满族自治县），八世祖都思深从岫岩迁至本溪市赛马集四方粒子南沟，历一百余年。第十一世祖都悦荣于光绪九年（1883）迁居吉林省集安县下活龙盖。

下活龙盖现为通化市集安麻线乡下活龙村，临江都氏一支，便是从七世祖都呈维演化而来。

在都本德的续谱中有关于都本有的记载。都兴春生前经常讲他在集安县下活龙盖生活的情况，都本德也曾将他的续谱送到临江，可见都本有是带着一家人从集安县下活龙盖迁到临江的。

下活龙盖位于鸭绿江边西岸，从这里出发到临江市高丽沟子，约260公里。

在编修《都氏族谱》的过程中，都业富发现有多个都氏分支提及赛马集这个地名。北京中建都兴民先生提供的都氏九世祖丕显公支系，居住在赛马集喜鹊沟。辽宁抚顺新宾红庙子乡五道沟都氏七世祖呈功支系，祖上曾在赛马集喜鹊沟居住多年。辽宁丹东宽甸灌水镇欢水洞都氏，传说来自赛马集喜鹊沟。

另外，吉林集安县下活龙盖都氏是从赛马集四方粒子南沟迁出的。丹东凤城电业局都业民先生提供说，祖上祖居地为赛马集石灰窑子。

在族人的记忆中，赛马集为何如此显赫、如此重要？

都业富在寻访中发现，赛马集是都氏祖辈闯关东的重要中转站，可能类似于山西洪洞县大槐树之于汉人。

赛马集，即辽宁省丹东凤城市赛马镇驻地，原地名为萨马吉堡，位于清朝的柳条边上。后来清朝开放柳条边，这里便成了市集。赛马集与本溪接壤，由于历史上曾经属于本溪辖区，有资料称其为本溪赛马集。

柳条边与都氏移民密切相关。17世纪后半期，为了保护清王朝的"龙兴重地"，崇德三年（1638），皇太极下令修缮了凤凰城到碱厂一段东段柳条边。顺治五年（1648），为划分蒙古游牧区和农耕区界限，朝廷开始修筑西段的柳条边墙。在鼓励关内移民东北的政策下，不断增多的移民开始大规模开采被清政府视为"大清龙脉"的长白山。康熙二十年（1681），为保护吉林长白山的"参山珠河之利"不被破坏，又建了北段柳条边，并规定在长白山禁地内捕蛤蜊、捉水獭、采蜂蜜、挖人参的，为首者枷两月、鞭一百。

都氏先祖到达赛马集的时候，应该是禁令松懈之后。

据族人寻访考察，赛马集是山东牟平都氏闯关东的原始祖居地之一。

赛马集东约十华里有个喜鹊沟，因喜鹊多而闻名，是两条山脉中间的狭长沟壑，三面环山，呈西北—东南走向，有山泉小溪发源东南侧山顶，流经山沟，汇入赛马河。山沟尽头为幸福村二组南侧的都家大坡，大坡为山脉的北坡，现住户只有一家姓都，户主都本杰。

都本杰与儿子都兴军都曾担任幸福村党支部书记、村委会主任。山沟中部沟壑东岸为幸福村三组都家沟，现居户只有都业茂和都业发兄弟两家姓都。

根据以上线索，大致可以勾勒出临江都氏自山东出发，先到凤城赛马集短暂定居、中转，最后落脚临江，并一直定居至今的迁徙历史轨迹。

二、跨海北上建大院

我们无法复原都氏初到临江的艰难，但可以确定的是，百年前的都氏，经过先人勤劳打拼，慢慢发展成为高丽沟子的大户人家，拥有大院、良田，家境殷实。在都业富的记忆中，老家有个都家大院，算是显赫人家。

但选择走上"闯关东"这条道，与其他山东移民一样，对都氏而言，实属被逼无奈之举。尤其是对于安土重迁的山东人来说，这段历史可谓深深地印在了他们的骨子里。

清朝中叶以前，清政府长期将东北视为"龙兴之地"，并实施封禁政策，严禁汉人向东北迁徙。由于清朝的封禁，使得东北地区成为一块名副其实的"处子之地"。乾隆盛世之后，人口爆炸，传统的农业生产根本无法担负如此庞大的吃口。尤其是在山东、河北等中原地区，人口稠密，灾害频发。反观关外，地广人稀，沃野千里，加上禁止汉人移入，相当于平白留下了一块肥沃的土地等待开发。对于关内移民而言，这里是禁苑，但也是活路。于是，人民不顾禁令，哪怕以身试法，也要闯关东找出路。

到了清末，随着内忧外患的日益严重，清政府被迫取消了封禁东北的政策，效仿古代的"移民实边"，允许内地百姓前往东北，许多河南、河北、山东等省份的百姓纷纷拥入，闯关东遂成浪潮。

山海关城东门，界定着关外和关内中原大地，因此内地人通过山海关前往东北谋生，称为"闯关东"。

这股移民潮到了民国依然延续。据相关统计资料，仅1923年由内地迁往东北的人口，便高达342038人，此后数字逐年增长，1925年闯关东的人数已达572648人。到1928年时，闯关东的浪潮达到顶峰，该年度迁往东北的人口已突破百万（据《经济统计季刊》第1卷，1932年）。

根据时间推算，都氏闯关东，应该在政策开放之前。且由于交通工具落后，面临的风险也较后来的移民为大。

由于山东临海，比起河北、河南人绕过漫长的渤海湾通过陆路前往东北，乘船前往辽宁无疑是最为便捷的。从胶东半岛到辽东半岛最短的直线距离是蓬莱到铁山岛，只有100公里左右；而当时的主要港口连线——从胶东半岛的烟台、威海到辽东半岛的旅顺口，直线距离分别是140公里左右和160公里左右。

因此，在闯关东的移民浪潮中，水路闯关东成为多数山东人的首选。从山东烟台、青岛和威海等地的港口搭船入海，至大连、营口等地靠岸，再从现在的旅顺、金州海岸上岸，漂到大连然后北上寻找肥沃的土地。因此，在闯关东过程中，大连是一个重要的中转站。这条道路，就是"水路闯关东"。

水路闯关东虽然路程短，但也充满着不确定性。早在清朝入关时，有不少乘船闯关东的人，最重要的一条航路就是从蓬莱出发，沿长岛列岛过海直到辽东半岛。但海上航行毕竟有许多不可控因素，有时遇到风浪就只能滞留在某个岛上，有的顺风漂流到了朝鲜、日本等地；至于覆舟于海上者，更是难以计数。这对变卖了家产背井离乡的移民来说，艰苦的条件无疑雪上加霜。

蓬莱，即古时登州。

登州，唐初曾在胶东文登置登州，不久废除。如意元年（692）于黄县（今龙口）复登州，唐神龙三年（707）登州移治蓬莱，明清为登州府。

据幸存者后来回忆，为保生命安全，经海路者搭乘小木船或舢板从蓬莱出海，尽量沿庙岛群岛依岛链步步为营，经一岛又一岛直至抵达最北端的北隍城岛。这里是闯关东海路的最后驿站，人们祈祷上苍，听天由命，短暂休整过后便会向辽东半岛冲击。

为何"闯关东"关内民众大多进入吉林？这是由吉林特殊的自然环境、地域交通及相关政策所决定的。

第一，是吉林地理位置的优势。吉林地处东北大平原的腹部，相对黑、辽来讲，有更好更多的自然环境吸引关内移民进入。北部的黑龙江虽然也蕴藏丰富的自然资源，但与吉林相比，气候过冷；南部的辽宁虽然气候条件较好，但与当时的吉林相比，自然资源环境又有所不如，开发潜力不如吉林。

"关外有黄金、有沃土、有人参、有貂皮。"根据1910年《盛京时报》刊登的统计数据显示："每日由烟台抵营埠（即营口）者二万余人，由烟台抵安东者计有六万五千余人，抵海参崴埠者五万余人，抵大连者四万余人。经由鲁省登州栾家口抵营口者，计有三万余人，抵安东者二万余。其由龙口抵营口者约十二三万，合计三十五六万之谱。"

另外还有统计资料称，1908年2月1日至17日，由烟台乘船到大连者9975人，平均每天有580人之多。

我们无从得知都氏先祖是哪年哪月乘哪条船到的辽宁赛马集，身上有无御寒衣物，脚上有无鞋履。出发那天，也许是一个夏季的夜晚，也许是一个暴雨天，也许看着同伴葬身大海。但那条路，终究充满希冀，有着吃饱饭的前景，也有着别离故土的辛酸，有着谁也无法预知的未来。在这样一个大时代的背景下，每个人都被裹挟，推着往前走，不可避免。

三、大战胡子毁家业

都业富祖父都兴春的长眠之地在高丽沟子。

都业富曾听家中老人讲，高丽沟子虽然偏僻，但那时先人大多从事挖参、淘金、伐木、放排、狩猎等营生，应该混得挺好。都家大院挺大，因为常有土匪出没，家中还有看家护院的枪。

从所处位置看，也不在村子中央。上高丽沟子进都家大院时，不进村，而是往外拐，从外环道走。往外走到岔道上，那边有条小道，就是原来的老道，都家祖坟也在那段。

因为都家大院太过惹眼，被胡子盯上了。这也正常，这么大的院子，一定是富商，不抢你家，胡子吃什么？

农村的夜晚生活单调，一般天一黑，人们饭后就休息，晚上睡得早，早上起得早。那天吃完晚饭没事，家家户户就看山上，好像有火光，家人就有点不好的预感，感觉不对劲。

于是爷爷奶奶分配任务，说老大该干什么，老二守着门窗户，估计胡子要来。

结果，胡子真下来了。老二一看不好，敞开门跑了，一面跑一面自个喊"留个种"，胡子就挤着进来了。

胡子一来就找大掌柜的。那会儿大掌柜的是谁？大掌柜的就是姥爷，胡子就拿枪对着。三言两语，就把姥爷给打死了。

奶奶虽然是个女人家，但生性胆大泼辣，不怕事，面对胡子索要钱财，她撑得挺厉害的——随手操起一把明晃晃的大刀，拿大刀片子照胡子脑袋一砍，头当场削了一半下来，你说厉不厉害。

出了人命，胡子一看说不好了，吓得快跑。都家也报了官，跑了的胡子躲到深山老林自然抓不到，死了的那个，头挂在北门上示众，让老百姓知道了这件事，以儆效尤。

都到了这份上，大宅院自然住不下去了，只好搬到河东村中铺子，即现在的临江利民桥头附近安顿下来。

利民桥直接通到山根底下，山根底下有口井。那井老深老深了，冬暖夏凉，非常好。

这座桥建了也得有四十多年了，还在公社时期，大队向各家各户集资修建。1995年发大水，那桥也没被冲毁，一直用到现在。

据知情老人、临江表叔王有才回忆，都家大院建于19世纪，房子应该是两三层的，几兄弟共居。经过这场匪患，家人和胡子各有死伤，自然就被荒废，最后长满杂草没入尘烟。

东北土匪叫胡子与地缘有关。东北的土匪多聚藏在深山老林，为的是防止政府和地方武装清剿，隔段时间出来打家劫舍一番，然后又在老巢挥霍，时间一长胡子长得长了，又没有时间打理，自然就都长着乱糟糟的长胡子，所以当地人一看这种长相的人就是土匪，时间一长，"胡子"就成了土匪的别称了。

还有种说法是来源于汉人对北方夷族的称呼——"胡儿"，夷族常越界南侵掳掠，后来便将夷族强盗称为"胡子"；也有说盗匪抢劫时戴面具、挂红胡须以遮耳目。

四、"狠人"要数都基财

1980年，都军四岁那年，都业富带他回了趟临江老家，接父亲都基财到天津看病，这是都军第一次踏上父辈祖辈的土地。

在都军的印象中，家有一座小房子，屋后有小院，还有条小河，有电线杆子作为过河桥架在小河上，方便往来。

这一趟旅程，对一个四岁儿童来说，堪称神奇，他也很好奇。

20世纪80年代的天津，毕竟是直辖市，加上改革开放，变化很快。都业富夫妇带着一双儿女，一家四口第一次一起回东北。都军记得特别清楚，在天津买的棉鞋是塑料底的，结果一到临江下火车就直接摔了好几个大马趴。

临江长大的都业富毕竟有经验，他说，一定要买本地的胶底鞋才防滑，不能穿塑料底的，换了鞋一穿果然就不滑了。他还记得，当时坐火车就坐了好长时间，还记得特别清楚，那火车是从青岛过来到梅河口转车到临江的班次。

都业富的父亲都基财，生于1915年，年轻时有一次被胡子抓住绑在车上，他趁胡子不注意下车跑了，胡子没有追上，他成功跑掉。

1943年妻子去世后，没再娶，儿子都业富只有四岁，都基财一个人操持一个家庭，在东北的冰天雪地显然很困难。好在，很快就临近抗战胜利，东北作为工业最发达的区域，即将迎来最美好的日子。

尤其位于长白山腹地、鸭绿江畔的临江，森林资源丰富。人说东北富饶，除了农业、工业发达，还包括大森林。

临江原名猫耳山，光绪二十八年（1902）在此设县，因靠近鸭绿江，改猫耳山为临江。

1945年12月，临江县被东北抗日联军通化支队解放，成为新中国成立前夜的北方红色摇篮。为适应解放战争的需要，1946年4月，由中国共产党领导的第一个森工企业——通化利华林木总公司前身在临江成立。同年6月，通化利华林木总公司建立临江分公司。从此，由中国共产党领导的新中国森工第一局正式诞生，临江分公司当之无愧成为新中国森林工业的长子。

在临江解放战争中，都基财曾沿着壕沟给解放军送给养。胜利后参加临江林业局工作，在深山老林伐木头。

新中国成立之初，木材生产是工业支柱产业，铁路的枕木、桥涵、矿山的矿柱、通信的电柱，大多都用木材，房屋建筑大多也是砖木结构，民用家具、造纸都需要木材。林区生产建设伊始，临江分公司的工作重点是整顿、恢复木材采运和制材工业。为响应建设祖国边疆、开发建设林区的号召，大中专毕业生、转业军人、交通铁路部门职工，纷纷来到林区。

爷爷曾对都业富说，森林工人很苦，采木工人的组成很复杂，有的是改造好的胡子，有的是原国民党的兵。

林区条件艰苦，工人们住简单的工棚子、地窖子，吃的是水煮冻白菜，头上戴的是狗皮帽子，身上穿的是羊皮袄，脚上穿的是毡疙瘩。没有路，伐林开路，遇水搭桥。没有车，用牛马套子拉木头。缺人力、畜力，用冰道运材。没有水吃，取冰化水。没有床铺，伐木做成小杆铺，铁皮油桶改装成炉子取暖。没有灯，用蜡烛、电瓶灯、嘎斯灯、煤油灯照明……林业工人们克服重重困难，不遗余力地支援着国家建设。

和其他工队一样，都基财他们要完成油伐、集材、运输、装车等全套作业。

"依山餐，靠山眠，火烤胸前暖，风吹背后寒……"在极端恶劣的环境中，几代林业工人爬冰卧雪，风餐露宿，虽历经艰辛，但前进的脚步从未停止，在反复的探索与磨炼，开拓与创新中，临江林业局成长为全国林业的一面旗帜。

都基财工作积极，加入了中国共产党，多次获得劳动模范称号。

大概是60岁，即1980年前后，都基财得了癌症，这次都业富一家四口到临江，一方面是探祖，另一方面是接老人到天津来治病。

首个疗程结束，都基财在天津待不习惯，想回东北老家。那时交通非常不便，但老人这么想，都业富是个孝子，肯定得满足，所以就不断地来回接送。

都基财和都丁氏
及东北老家亲人
的照片

在都业清的记忆中，那时都业富挣点死工资，并不富有，这么来回折腾，路费都承受不起。有段时间，亲戚在天津学习，每周都到家里吃顿饭再回宾馆。有次都基财提出，能否让亲戚带他回老家。

都业清问为啥呢，都基财说："哎哟，我想家。"都业清说："不行，你有病，你这么走，我给你带回去，你再生病，我哥还得去接你，我哥能不管你吗？到时候你把我哥折腾坏了，你总叫他请假，也不是个事。"

看都基财还坚持，都业清说："行，你在这儿等着好好治病，完了回去我就接你。"老人说行。

他把这安慰的话告诉了都业富："哥，我大爷说要跟我回去，我说不能带他走，带他走，他再生病，你不还得接？"

都业富说："我糊弄他了，他问起你就说还在那边学习，暂时不回去。"

那时没有电话，通信很费劲，不像现在这么先进，于是两人"糊弄"了老人一番。

对都业富来说，父亲在，老家就在。父亲不在，老家的根也就断了。

都军虽然回老家临江的机会不多，但印象非常好。虽然只是觉得冷，但有爷爷给他冻梨，心都能化开。除了冻梨，还有一种特殊的水果叫"姑娘"。

冻梨很像土豆，长得又紫又小又丑，每当孙子到来，都财基会特意拿出来，用凉水泡过以后，冻梨会解冻得比较均衡，放到嘴里，说不出的美味。

除了吃，都军对东北的印象就是热炕，烧的土炕。

爷爷家温暖的土炕、脆甜的冻梨，这也成为姐姐都红满满的儿时回忆。都红清楚记得，从天津到临江，要倒两次火车还要坐很久的长途汽车。她一共回过四次临江老家。第一次是弟弟出生前，爸爸妈妈和她三人回去的。之后全家四人一起回去过大概两次。爷爷家的土炕超级温暖，邻居家的小孩过来找姐弟俩玩儿，有次，她和弟弟被一只小虫子吓得大喊大叫。为迎接大城市来的孙儿孙女，爷爷准备了孩子们爱吃的冻梨，从地窖里取出来放到冰水里，直到冻梨里的冰被水把出来就可以吃了。

爷爷在地窖里为他们的到来准备了满满的菜，还有脆好的激酸菜。爷爷家的院子很大，四周是木头围墙。出门不远就是鸭绿江。冬天的老家一片白茫茫，气温极低，据说耳朵没有做好保暖的话都有可能被冻掉。记忆中，爷爷曾经带他们去给祖先上坟，坟墓在一个半山腰，前面视野很开阔，风景绝美。都红还记得，爸爸带他们去过李琴姑姑家，姑姑好像有风湿性关节炎，手指关节比正常人大，姑姑家里有两个漂亮的小姐姐，好像和她年纪相仿。大一点的长得很漂亮，像《红灯记》里的李铁梅。

都红最后一次回临江，是在她去加拿大前，去临江看望了一个亲戚，还给他们带了礼物，但她已经不记得是谁家。

都业富的母亲，在他四岁时就过世了，他跟着奶奶长大。都业富总觉得儿子都军长得特别像他奶奶，这可能是一种幻觉，也可能是真的隔代遗传。总之，都军在东北老家没有陌生感，到处都能感受到来自祖辈的热情呼唤。

1980年，都基财在天津肿瘤医院治病时住在儿子家，与都军有比较长时间的相处。在都军的印象中，父亲继承了爷爷很多的特点，比如性格很相像。都基财沉默寡言，但是性格非常坚毅，完全不会给子女添麻烦，有什么病都自己忍。这点，父亲和爷爷完全一致。都业富后来患病了，从不愿意麻烦别人，啥事宁可一个人默默撑着、扛着。

都红和都军的看法一样，老爸和爷爷他们都是那种生怕给别人添麻烦的人，对自己要求严格，坚毅，自控力超强。例如饮食上的控糖和控肉，老爸坚持每天食肉从不超过2两，还会经常提醒老妈少吃肉。这点和爷爷很相似。

"为什么说我爷爷是一个特别坚韧的、不喜欢劳烦别人的人，因为他患鼻咽癌，现在回想起来，当时肯定非常痛苦。以前没有这么多药品，鼻子里经常出血，要用纱布去敷，你可以想象那有多痛苦。我长个溃疡都觉得疼死了，都没办法。"都军说，老人的鼻咽癌恶化发展得很快，虽然在医院请了主任医生会诊，但医生也没好的办法，也没有更好的治疗方案。

即使爷爷的病情很严重，姐弟俩从来没有听到他叫过痛、喊过痛。当时治疗条件和治疗手段都很有限，现在想起来他当时一定很痛苦，可是他并没有表现出来。记得他敷鼻子内部伤口的纱布经常是有血和脓。

疾病后期，都基财在海河边广场上锻炼的时候，认识了一个"江湖骗子"，当然也有可能是有点技术的大夫吧。对方取得信任后，给都基财提供了一个家传秘方，即要吃一些中药的引子，以毒攻毒。

都军曾经见过这个药引——几十只蜈蚣摆成一排。

除了蜈蚣之外，肯定还有什么其他的毒的东西，但都军想不起来了。印象深刻的是吃法，用比冰棍稍微长点的木头片，搭一个"王"字形的架子，中间有几个横台，每个横杠上绑一只蜈蚣。

他只记得想想都令人心悸的这个架势，但具体怎么吃，却不记得了。"狠人，我爷爷是狠人，这个厉害！"都军说，爷爷说这个就是以毒攻毒。

那会儿医疗条件很差，大家都没什么好方法，这种以毒攻毒的方法，都基财在来天津治疗之前，两次治疗之间也用过。只是用过什么药，都军并不知道。"我听亲戚说，爷爷不想连累我爸爸，就觉得这个病可能也治不好了，就找了一种以毒攻毒的方法吃下去。"

吃了这些药引，都基财跟亲戚还是邻居说，他要是三天不出来，就请给他儿子都业富打个电话，让回来安排后事就完了，然后，把自己锁在屋子里。

结果，他吃完那个药以后挺过了三天，但最终由于病情严重，1982年，还是在天津去世。

都业富在天津料理了父亲的后事，背着父亲的骨灰盒回到临江，在高丽沟子祖坟地，安葬了父亲。

老人生前居住的房子，大概30平方米，屋子里四目望去也没什么值钱东西，就锁门闭户了。

临走前，都业富将家谱和百年古画卷轴带上。与本家弟弟一商量，弟弟觉得他是都家长子，应该把家谱拿走，还有一幅珍藏的有些价值的古画也给他留着。

但都业富说，"这个不能给你，实在要留的话，把家谱给你。"

弟弟说，那不行，"我不是老大，我不能要，你都拿着。"

于是，卷轴和家谱都在都业富那里保存。

都军清楚记得，那次送爷爷的骨灰回老家安葬，父亲从老家背回来几块木头、弄回了几只箱子，说这是他对老家的怀念。在父亲去世后，现在能看到的有关老家的纪念物，除了几张照片，可能就是这几块板子和箱子了。

五、祖上护佑都家人

都基财和祖先的坟地，在都家大院原来的旧址位置。生于乱世，守不住大院，走了之后，就回到那里永远守着祖宗基业吧。

如今那里，除了地基，连墙都没有。毕竟是在村外，看起来就是一个不起眼的山坳里，有一处比屋子大四五倍的地块，起了六七个坟头，葬着历代祖先。

都业富还在世的时候，2016年前后，都军最后一次跟着他回临江老家，去上坟，大概记住了这些坟头的位置。现在如果有时间去，应该还能找得到。

再说，老家还有亲人朋友，有时间的话还是要回去一趟。

这几年，都军等晚辈念兹在兹的，是想修葺一下祖坟。其实都业富尚在世时，父子两人已经商量过这事，但因为政策不允许搞大建围墙等大型建设，就耽搁了下来。现在想想，哪怕把坟头重新整理一下也好，做个清晰的标志，免得荒草野长，到时候都找不到位置了。

但一个难处是，坟地旁边是别人家的玉米地、房子和院子，另一侧是山，坟地夹在一个山坳里。都军他们一直想与这家人家沟通一下，看能否有什么办法，将坟地整理得更好一些。

最近几年，他想找个清明节回去，让在东北的兄弟把祖坟好好收拾一下，顺便也跟邻里搞好关系，比如能否在每个坟头前立个信息更齐全的墓碑（现在虽也有碑，但不是很明显），以及定期请人维护下坟地，或者坟前铺点地砖之类的，稍微收拾一下。

碑上不仅要写三四代的人名，还应该把故事写上，把这个地儿曾经是什么讲清楚。

但这事他一个人不能做主，说起来还另有缘故。

都基财早年丧妻，家庭困难，遂将四岁幼子过继到三弟身边养大，因此从宗法上讲，都业富是三叔叔的儿子。当然，这个过继与常人理解的不同，纯粹是因为都基财无力抚养，就是说："我没钱了，兄弟，你帮我养大儿子。"

三叔都基盛家有个女儿叫都业华、儿子都业清，其中都业华比都业富小15岁，但因为两人一起长大，情同亲兄妹。根据宗法，都业华和都业清都是他的亲弟弟妹妹，因此都业富去世时，都业清代表临江老家的亲人赶来参加葬礼。

2022年，都军给在青岛的都业华打电话，问她对修缮祖坟的看法。都业华说，祖坟特别重要。"别看你奶奶走得早，但是她的坟修得特别好。我爸爸走的时候说，这祖坟修得特别好，一定会对这个家有很大的帮助。"

两人一回顾、盘算，都业富离开老家临江后，发展得很不错；孙辈都军，到了深圳发展，也很不错。"祖坟的事太重要了，真的要尽快去收拾一下，一定会对家里都有帮助。"

都军后来从其他场合了解到，祖坟确实很重要，尤其是对于做人、做大事的人，祖坟是不是安稳、祖上是不是安稳，对于后代的发展特别是做大事的人的发展，是有不可估量的作用。"你看历代王朝垮台后没有一个是能恢复江山的，比如唐朝李世民很厉害，但唐亡后，一直到现在，也没有李氏后人能恢复李唐江山，为什么？朱明王朝同为汉族王朝，也不能恢复，为什么？很重要的一点是，每一个新政权不仅要把上一朝的王族杀光，还要把祖坟都刨了，断了你的龙脉，不让你复兴。"

都军说，人家说一句话，世界上最恶毒的事情是刨人祖坟，因为对你祖先的所有的都是对你的，所以一定要把家里的祖坟修好、维护好。

当然，有些东西永远回不去。都业富夫妇过世后，就安葬在天津的一处墓地，没有叶落归根回到老家。

2022年7月，由都军牵头组织这一支都家人拉起手来，一起按照一百年的标准修葺高丽沟子的祖墓。

从长春龙嘉机场出来，一路往东北老家，除了一望无际的广袤平原，就是深不见底的森林，在宽广的高速路和空旷的平原上少有人烟。都军在车上聊起一句东北俗语"望山跑死马"，意思是看着山离得很近，骑马过去马的腿都跑断了也不一定能到达。

到吉林白山市的第一站是松江河镇，这里是都业富堂弟堂妹们居住的地方，因着他小时候被都基盛带过一段时间，堂弟堂妹们把他视作"自家大哥"，将都军称作"自家孩子"。主人都云，都军叫小爷爷。2016年，都业富带都军回临江探亲的时候，小爷爷还在。2018年，小爷爷因病去世了。

2016年，都业富（右二）带都军（左一）、都馨仪（左二）回临江和小爷爷都云（右二）在一起的四世同堂合影

松江河镇位于吉林省白山市抚松县，长白山脚下，附近有着知名的自然景观——天池，中国海拔最高最深的火山湖。

长白山盛产人参，还在车上，当地的朋友就侃侃而谈介绍说，现在长白山的人参大多是人工种植。马路两旁的松柏森林里有许多支起的小木板。他说，种人参也很辛苦，需要选一片肥沃的土地把人参种下，分时间采摘的人参能卖出不同的价格。当人参采摘后，那片土地的营养就被吸收殆尽，很多年都不再适宜种植人参。

人参是许多长白山峦附近生活的人赖以生存的经济来源之一，在几十年前，他们靠着伐木而生，跟随林业局游走在山林之间。

从长春机场到松江河镇花费了四个多小时的时间，一到镇上街道就能看到成排的楼房，墙体很厚，据说是为了抵御寒冷的冬天。

我们到访东北时正是盛夏时节，然而站在街道上只感觉凉爽，并不炎热。都业富的弟弟妹妹——都业君、都业清、都业玫等都住在这个小镇上。他们跟随林业局伐木来到这里，后来林业局不再伐木，开始植树造林，于是他们这一批工人就在镇上安置下来了。都军言谈间和松江河镇的亲戚颇为熟络，听说都军要去临江寻祖，几兄妹派出最为年长的都业清跟着。

都军（左一）在白山市和都业清、刘淑荣、都业霞、周秉君（都业霞丈夫）、都业玫在都业君家的合照，除都军外，照片中的人皆是都业富二叔都云的后代

都业清几兄妹出生在松江河，尽管在同一个省份、同一个地级市，但在我们这次来之前，他们从未回过临江老家去看过。他们说，他们的父母亲，即都业富的二叔二婶也都葬在了松江河镇附近的长白山上，但他们只能描述出模糊的位置，到底在哪里，森林深不见底，到处都是相似的景象，找起来很困难，这也成为后人们颇为遗憾和伤感的事情。

去往临江的路上，我才明白了为什么两家人在同一片山林、同一省份，却没有来往——因为路实在是太过遥远了，又用时四个多小时，穿过蜿蜒曲折的道路才从松江河到达临江。

这一路，路边的景色从茂密的松树林变成了成片的玉米地和穿过玉米地的细小河流，以及隔了好几里才能见到的由木板搭起来的房子。

因为周遭景色太过相似，一看到"玉米地和河流"，都军就开始介绍起来，上次他过来，祖坟就在这样的玉米地和小河边。

祖坟也确实在玉米地笼罩的深处，要穿过泥泞荒草丛生的黑土地，走到玉米地和森林交界处，才能看到几块草丛里的墓碑。如果没有引路人，未必能在如此相似的广袤东北山林里找到这几座墓碑。

遥想当年，这里被叫作高丽沟子，以前是都家大院旧址，传言都家太奶奶就是在这里打败了土匪。他们说，墓碑前面以前本来是一条粮马道，是早先行走的必经之路。现在因为公路修通，道路很久没用了，被人复耕。

刚走进时，都家祖墓隐藏在玉米地和森林之间，显得荒芜、破败，在都家几位先祖墓碑旁边还立着几座同样无人打理的墓碑，有些碑上的名字已经瞧不清楚了。

当地人说，东北人惯用木板做碑，木板易腐烂，经年累月就很难找到葬在了哪里，像这样石头雕刻的墓碑是少见的，这可能也是他们并未像南方人一样拥有聚集的家族和经常打理祖坟的缘故。

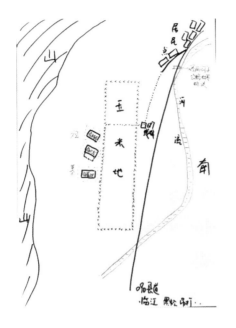

都军从祖墓回来后手绘的祖墓
位置图

都家后来搬到了临江市，也是我们此行将要抵达的东北最深
处，也是都业富小时候经常生活的地方。

临江市位于中国边境，和朝鲜隔着一条鸭绿江。我们到时，
临江早已不是都业富年轻时生活的村庄，跟松江河镇一样，变
成了联排成楼栋和街道的小城市，和东北其他县级城市没什么
不同。

都业富以前的玩伴表哥王有才和表姐李琴他们的后代还住在
这里。因为毗邻朝鲜，时常能见到朝鲜美食。

我们一行住在临鸭绿江面对朝鲜的河岸边，早上起来吃完
饭，大家爱到江边闲逛，他们会谈起以往的抗美援朝，回忆起穿
梭在山林里伐木，顺江将木头运出的往事。

都军在临江与王有才、
王有才后人的合照

东北人似乎总是在迁移，他们不似南方人一般安土重迁。但对他们而言，"迁移"也是一件费力的事情，除了跟随伐木的林业局移动，林业局后来不再伐木，将他们安顿下来，他们也就跟着固定下来。

都业富的表哥表姐、堂弟堂妹，就因此留在了东北，很少离开家乡，对他们而言，去长春已经算很遥远的路程了，更别说广袤平原和森林以外的其他地方。

为了写好都老爷子的传记，我从深圳出来一路向北，即便当下交通足够便捷，来到中朝边界的临江市，也已经让我精疲力尽。所以我也很理解他们为什么愿意在老家生活。

都基财之墓

都兴发之墓

　　我时常在想，都业富当时是如何从临江到四川读书，再辗转全国，过去路漫漫，让人联想起来都不得不敬佩，祖辈闯关东的精神、闯的基因，在后人身上，得以延续和体现。

　　王有才表叔带路，带大家前往都氏祖坟，一下子就找到了。一共找到四个，分别是都本有、都兴春、都兴发、都基财，大家找来镰刀工具，清理了树枝杂草，摆上水果等贡品，烧纸烧香做了一次祭拜。在都家祖坟前，大家现场商定，由都军牵头，有才叔和静平哥及业清二叔配合，年内把祖坟按照一百年高标准修葺建好，告慰都家祖先。

　　10月，百年祖墓修葺竣工。这了却了一桩都业富、都军，也是都家这一支人埋在内心深处的共同愿望。

都本有之墓

—第 三 章—

白山少年

一、失恃幼儿叔家养

都业富4岁时，也就是回临江接父亲都基财来天津治病时都军的年纪，母亲过世，父亲都基财没有续弦，就跟独子都业富一起生活。都业富19岁离开老家后，老人家一个人生活在临江老家。

有关这段经历，只能推测个大概。按都业富1939年出生，那么他丧母时间大概为1943年，距离都基财成为林业工人还有两年时间。

在堂妹都业华的记忆中，都基财所在的林业局工作流动性很大，基本上居无定所，孩子带在身边有吃不尽的苦。再说了，都业富跟爷爷奶奶在一起生活惯了，也不愿意跟着去山里砍木头，老人也不舍得他去，就一直与爷爷奶奶一起待在镇里。

因此，都基财只能将儿子都业富委托给自己的三弟弟都基盛代为抚养。

虽然寄养在至亲叔叔家中，但那时大家都不富裕，生活艰辛是肯定的。

那时都基盛还没有结婚，与父亲都兴春、母亲张氏生活在一起，来了个大侄子都业富，一家四口人。

据都基盛说，大哥都基财成家后分家搬了出去，结果大嫂一去世，孩子又回到了祖父母身边。

直到1954年结婚后，都基盛也分家搬了出去。最开始，都基盛夫妇带着都业富三人一起生活。生下长女都业华后，两人终于有了伴。都基盛后来又生了三子两女，加上都业富，实际上总共带大了七个孩子。

但实际上，都业富与几个弟弟妹妹的年龄差异太大，只与都业华相处过，其他几位几乎是差了辈分的年龄，互相记忆不深。

后来，都基盛在区政府上班后，一家人搬到临江市区，都业富就跟着祖父母在老房子住了。

因为都基盛工资很低，每月只有18元，很难养活这一大家子，岳父母那边也在供养，孩子一大堆，日子过得挺紧，供养父母也有困难。

都基财则走南闯北，挣点钱就往家里捎一点。对一个没有妻子、孩子寄养的男人而言，相当于没有家了，就他一个人。

好在，他和三弟想方设法给家捎点东西，养活了两老一小三口人。

都业华出生时，都业富已经上中学了。15岁的少年多了个妹妹，自然是疼爱得不行，走到哪儿，就背到哪儿，所以都业华对这个哥哥印象特别深，两人的关系也是最亲密的。

但这段时光也就四五年，等到都业富19岁时考上大学离开临江，后来在外面工作一直到退休，就再也没有那样美好的儿时时光了。

因为特殊的家庭遭遇、母亲早逝，都业富从小特别懂事，不但尽量管好自己的学习，还要照顾爷爷奶奶，一直是个很孝顺的孩子。

1946年，当地土改提前完成，家家户户分到了地，几岁大的都业富一有空就下地干农活，为祖父母分担压力。到了20世纪50年代，春忙时还得帮助种地，甚至因此耽误了去上学也是有的。

对于父亲的童年往事，都红曾听父亲提及他从小丧母，跟着爷爷奶奶长大，小时候常常会被大人拴在柱子边，因为大人要出去干活担心他走丢。

不知是否也是这个原因，都业富的右腿稍稍有些问题，但很轻微，不仔细观察就很难注意到的。都红说，老爸和她提过几次，说她和弟弟一样，长得很像奶奶，性格也有点像奶奶，刚强坚毅。

二、油灯断续苦读书

虽然童年不幸，但都业富自小要强，不愿甘居人后。

周围的大人，包括自己的父亲，也都围绕着森林过活，砍一辈子树，在白山上待一辈子，做一辈子林业工人。松涛阵阵，数不清的精灵跳舞，生活虽苦，但也不至于饿肚子。

但都业富好像从小志不在此，打小要强。别人在掏鸟窝的年纪，都业富就跟着小朋友去读小学了。但那时的教学并不正规，有些小孩今天上，明天就不一定去了。但都业富笃信读书改变命运，家里再困难，他也努力坚持完成学业。

但读书生涯其实一直断断续续的，有时在临江上，有时跟着叔叔家的婶娘到农村娘家住一段时间，就在村里小学读一段时间。

姥姥也疼这个没有血缘关系的外孙，有时舍不得吃，给他留两颗鸡蛋，结果他拿了也不吃，上供销社去换支笔或者换个本子。

2016年回临江市，他对儿子都军提起这段鸡蛋换笔的往事时说："咱姥对我真好。"

都业华说，老太太就是那样。

后来又换了好多个学校读书，最终还是落在松江河那地方，也就是姥姥家。

朝鲜战争期间，都业富还能经常看到天上美国飞机飞过来。1954年抗美援朝结束时，他还在念书。家里困难，用不起电灯，点油灯照明。甚至连油灯都要省着，都基盛夫妻不让他随便点，说那都是钱，他就跑到月光下读书。实在看不清，或者没有月光的时候，他就将灯芯拨得很小，这样就可以省油。结果有一次，因为凑光，他把脑袋一直往前伸，不小心连头发都点着了。

更多的时候，都业富脸上被煤油灯熏得很黑，一看就是熬夜看书了。

最困难的时候，大概是在读高中时，因为父亲在林区伐木指望不上，祖父母又年纪大了干不动活，自家的地总不能荒着，于是都业富干脆辍学在家。求学这段时间，可谓有一段没一段的，更多凭自学，才勉强跟得上。

都业华讲起这段事情，特别难过。那时都业富除了种粮，还种红薯，这是从四五岁就习得的技能。干完家务后才能坐下来学习，因此白天时间有限，得做家务。晚上那点时间，还不让点油灯。

三、遇狼化险蹲天明

白山有虎，亦有狼。

小时候的都业富，特聪明，也淘气。有段时间，他喜欢上了练武，就在院子里摆开架势。没有师父教，就弄一根特长的棍子舞动。家中院子是石头圈的，挺高，都业富将棍子往地上一拄，就能从这头翻墙蹦到那头去，类似于撑竿跳。

见都业富天天跳，婶娘怕他摔着，就去喊他停止。结果是，她天天吵吵，老人也不让他跳，但都业富还是不予理会，就那么锻炼。"他特别要强，自己能干的事从来不张嘴。"

但少年再勇武，也架不住狼。

都业华出生时，还是传统的在家生产，15岁的都业富大半夜出门去找接生婆。

结果走到半路，遇到狼了！

都业富后来说，他看着狼，狼也盯着他，眼睛冒光。但他一直没确定那是条狼还是条狗，反正就一直盯着看，都不敢动。

也不知道都业富那时有多煎熬，反正就蹲在地上不敢走，一直挨到天亮，狼终于走了。

都业富有次对儿子都军说，到农村见着狼就蹲着别跑，你一旦跑，狼就追你；蹲在那儿，狼反倒不一定来。

熬走了狼，都业富才赶到接生婆家。等接回家时，都业华已经生了。都业华后来开玩笑说："哥，你看我都生了，你才把人接来。"

四、志向高远离临江

　　可能都业富从来都没有准备在临江待一辈子。他的努力、认真读书，都是为着有朝一日能离开这个地方，走出去到更广阔的天地。

　　表弟王有才与都业富年纪相差四五岁的样子，幼时经常一起玩。他记忆最深的是，每到上学时间，都业富都会带上午饭往学校赶。

　　"我不行。那时他上中学比较远，我在小学离家近点。因为老人年纪大了，他每天一放学回家，先把水挑满了，再去看书学习。除了学习，别的啥也不干。"王有才说。

2016年，都业富（右一）回临江，在老宅遗址（现利民桥附近）和少年时一起长大的王有才合影

与那个年龄段的孩子所读不同，都业富不大读小说之类的文艺作品，他说要读就读"有用的"。

有用的，自然是能够帮助他走出白山的。虽然辍学在家务农，但学业并没有落下。那时高考多考俄语，正好东北的俄语环境很好，但没有老师教，都业富就在煤油灯下自学俄语。

都军记得父亲说过，读高中时确实辍学过，在家里完全自学俄语，后来也自学过英语，这种全程自学语言再考试闯关的学习方式在今天是不可能的。

在老家亲人的心目中，都业富很聪明、有读书天分，除了自学俄语，还学医。平时抓到什么医书就看看，生病了就自己弄点药吃。要是这条路走下去，说不定就报考医科大学了。

这令家人对他刮目相看。婶娘就对子女们说，看看你哥多聪明，你们都不如他。"我爸妈最喜欢的不是我们几个亲生的，而是最喜欢大哥业富。"都业华说，她父亲一提起这事还掉眼泪，说他们几个不争气，所以他就喜欢业富，因为业富特聪明，给都家争脸了，我们几个不争脸。

对都业富来说，家里太穷，改变命运、走出白山唯一的途径是考上大学。

王有才记得，高考后有三家学校录取了都业富，其中一家是沈阳医科大学，一家是位于四川德阳的中国民用航空飞行学院，一家记不太清。总之，三家都要他，反让他犯了难，不知道该做何选择。回到家里与长辈合计，家长见识也没那么广，他一时没了主意。

正好，有个小姑李琴的先生是转业军官，见识较广。一请教，小姑父说，他正好是四川人，说有家航校在四川，很有名。"上航校，就这个地方适合你。"

几家高校都来调过档，一查都觉得都业富学习好，家庭也行。再一查，他爸爸还是共产党员，叔叔也是，家庭没有问题。查完了给一个结论：出身根正苗红。

于是，都业富上了中国民用航空飞行学院，从此在航空领域工作了一生。

2016年，都业富（右一）带都军去临江高丽沟子找到了都军爷爷都基财和奶奶都丁氏的墓地

王有才感慨说，都业富的青年时期，也是读书改变的命运。实在是家里过不下去了，所以必须去改变，是逼出来的"走出去"。哪怕高中都没读完整，自学也要读个大学。"他一直就带着离开的想法，所以才能走出去。"

都业富考上大学离开临江后，都基盛一家也搬到江源县（今吉林白山市江源区），后又移至现在定居的抚松县松江河镇。

这中间的过程也颇曲折。因为森林工业发展很快，人员流动频繁。从临江林业局分出来后，先搬到三岔子；过了段时间，又分出一分部成立泉阳林业局，一家人又搬到了泉阳；1958年松江河林业局成立以后，终于搬到了现在居住的抚松县松江河镇。都军二叔都业清就是1964年出生在松江河镇。

第 四 章

一飞冲天

一、飞上蓝天结机缘

1958年底，都业富通过考学改变命运，离开临江，千里迢迢踏上求学之路——中国人民解放军第十四航空学校，位于成都新津。从此，都业富的一生，与航空结下了不解之缘。

彼时的军事院校与普通高校不同，更有点像职业技术院校的样子，以讲究教学和学术相长。

1951年，军委民航局先后成立四所以短训为主的民航学校。经中央军委第15次联席会议讨论决定，毛主席于1956年9月11日签署中央军委令，任命张毅、江围为航校校长和政委。同年9月22日，经空军司令部与民航局联合报国防部批准，将中国民航局航空学校定名为"中国人民解放军第十四航空学校"，校址四川成都新津。

据分析，都业富应该是这所学校招收的第三届学生。

第十四航空学校从人民空军所属13所航校、3所预校，以及相关部队、院校、民航等49个单位抽调大批现役军官和技术人员，汇集于四川创建学校。他们当中大多数在革命战争年代就为新中国成立浴血奋战，有来自新疆航空队、东北老航校等单位的专业技术干部。

1956年9月30日，第十四航空学校招收的第一批922名来自全国的地勤学生报到入学；11月29日，128名有军籍的飞行学生，从保定空军预校转入第十四航空学校。12月25日，第十四航空学校在新津举行了隆重的定名仪式，并宣布将9月22日定为校庆日。

建校之初，第十四航空学校先后设立飞机驾驶、无线电机械、电气机械、无线电报务、电气维护、无线电维护、飞机仪表维护、飞机发动机维护、机械加工和飞机维修十个专业，囊括了当时民航所有核心专业。

从此，以培养民航专业高级人才为核心任务的中国人民解放军第十四航空学校，在新中国民航发展史上翻开了科教兴业的崭新篇章！从中国人民解放军第十四航空学校到中国民用航空飞行学院，虽然校名几经更迭，但作为新中国第一所民航高等学府，65年来薪火相传，现已成为全球飞行训练规模最大、培养能力最强的全日制高校。

大哥考上民航院校，做妹妹的自然喜不自禁。都业华曾问回家探亲的都业富："哥你没开过飞机？"得到的回答是，就飞了一两次。

因为那时技术和设备都很落后，飞行事故很频繁，因此学校规定独生子不让上。

我国有非常深厚的继承文化，哪怕在抗战时期，也是三丁抽一，以免一个家族的男丁全部战死而失去传承。

一位学地勤发动机（后来改为雷达导航）专业的同学回忆

说，他们这批学生，实际专业课没学，就学了一点基础课，比如几何等一些高中课程，及一点高等数学，两年后就被调到第十四航空学校训练处数学教研室当老师。

都业富也一样，两年后与一位朝鲜族同学等六人也分配到了数学教研室，但那位朝鲜族同学很快就被淘汰了，只留下了都业富。所不同的是，都业富是高考上来的，所以拿到了本科文凭，而这位同学是初中考上来的，拿的是专科文凭。

且据他说，当时高考也不算是录取，就是一拨拨地抽人，抽到哪个大学、专业，就去报到，"浮动分配"。

由于是军事院校，机构设置和教学训练与普通高校不同。第十四航空学校分为后勤部、训练部，训练部下面有各个系的基础教研室，基础教研室中包括数学教研室。

教工职称也与现在不同，那时候是见习助教—助教—教员—主任—系主任—训练部部长，是一个专业与职务相结合的晋升系列，都业富一开始入职时是助教。

因为是东北人，普通话自然不成问题；高中考上来的，基础扎实，都业富在数学教研室的工作并不吃力。

但都业富仍很刻苦，因为军校的备课，每一段讲几分钟就要举例子，明确按格式写在教案里。包括在课堂上准备提什么问题，都要事先写在教案里，且必须经过主任教员审核、批准后，才能正式上课堂去讲。

那时有一位主任教员是清华大学数学系的，据说是清华大学数学系仅有的四名学生之一，可见很厉害，由他专门培养年轻教师。

那时思想政治抓得很紧，但这位主任教员主要是讲课，不管别的。都业富学习很认真、很刻苦，直到晚上备好课以后没有人了，一遍一遍地试讲。

部队星期六舞会比较多，别人去跳舞，都业富不去，就在练习，所以很快就能够上台去讲课了。

与地方高校的教工不同，没课就比较自由，军事院校是坐班制，纪律更严明，行事作风完全是军事化的，抓得很紧。

另外，学校还要组织听课，听完后给老师评价。都业富在这段职业经历中应该成长很快。

都业华回忆说，刚参加工作拿到工资的第一个月，都业富就给她和大弟每人买了一只吹气小枕头，是一个塑料材质、可吹气的那种。东北老家那边没见过这些东西，惹得别人很羡慕。都业华他们拿到门外显摆，大家都觉得神奇得不得了，岁数小的都抢不到抱。

二、地空分流上津门

1959年，也就是都业富入学第二年，第十四航空学校更名为成都机械专科学校。

1961年，都业富工作没多久，就与其他三位年轻老师一起被选派到成都进修，有些到四川大学数学系，有些到成都理工学院。其中数学教研室两名，都业富是其中一位。

此时三年困难时期刚刚结束，四川又是重灾区，生活很困难。一到四川大学，感受就出来了。

之前，他们对困难的感受不深。一是因为军事院校的老师与地方不同，享受现役军人待遇，每月定量有23斤；二是机场很大，自己种地，有南瓜、红薯等蔬菜供应。再加上各种补贴，生活水准远高于地方。

一到四川大学，虽然最困难的时期已经结束，但他们习惯了军校的生活，连保命的粮票都没有多大概念。同去的老师回忆说，他就把粮票随意放在床铺底下，好，一下被偷掉了。

好在都业富马上支援了他一些，但肯定很有限，还是学校后来重新给他补了一份。

年轻老师最早的月工资是24元，一个月饼5毛钱。但没多少人吃得起，所以买月饼不需要粮票。

1961年以后涨工资，都业富能拿到49.5元，别人一般是43元。那时大学毕业生太少，有些一毕业一般56元。

川大给他们配的指导教师很有名，叫周正保，是"右派分子"，但是数学很好，是一级教授、科长，都业富他们的基础就在那时候打下来的。但与学生不同，进修老师基本上都是自学。

据已经退休多年的中国民航大学经管系朱家俊教授回忆，都业富很厉害，基本上一个星期一门课。他人既聪明，口才也不错。自学能力这么强，所以后来能搞那么多课题，就是这样打下的基础。

一年后考核，但不考教课的高中数学，而是复变函数。但复变函数回到航校没多少用处，所以很多人都没用心学。在这段时间，都业富非常努力，学了8门课，不但包括了高等代数、复变函数，还学了统计学、积分学之类，全凭自学。回去后，航校也很满意。

朱家俊说："他们第一批去40个，第二批去40个，总共80人。再加后面来的都业富等人，总共接近100人。就在这种情况下，那时候都没有计较待遇。所以都业富我记得是1962年介绍他入党，我是1960年入党。回去以后，入党了，确实表现好，表现不好我也不会介绍他入党。"

1963年，民航总局合并各校，培训空勤人员部分，组成单一的空勤航校，成都民航机械专科学校一分为二，留在四川的部分更名为中国民用航空高级航空学校，校部设在四川广汉。自此，新中国第一所民航综合类高等学校正式成立，现在叫民航飞行学院，是全世界地盘最大的，校部设在四川广汉，过去叫团，现在叫分校，新津一个、绵阳一个、洛阳一个，总共四五个分校。

地勤部分搬到天津，与天津的高级航校合并为天津机械专科学校，也就是今天的中国民航大学的前身。

都业富跟随地勤部分迁到天津。从此，定居天津一辈子。

20 世纪 60 年代的都业富

三、转岗行政下干校

朱家俊教授回忆说，刚搬到天津不久，即1963或1964年，因为都业富的文笔和口才俱佳，又是中共党员，便被抽调到学校政治部当秘书，脱离了教学科研岗位，走上了党政管理道路。

彼时，都业富是教员，而朱家俊已经提升为主任教员。此后，由于不在同一领域工作，双方的接触并不多。

十年动荡的"文化大革命"很快来了，1966年6月28日，学校开展"文革"运动，全校停课，大家都要站队，学校教职工分为保皇派和造反派两派，朱家俊和都业富都成了保皇派，又站在了同一战线上。

但航校的"文革"，与地方上的有所不同，主要在于军委"三条命令"。

1967年1月，当周总理获知首都机场安全和正常运行受到"造反派"的严重干扰后，提出应立即以国务院、中央军委的名义起草命令，宣布由军队接管民航（包括整个民航系统和所有机场、港站）。接管后，业务工作仍由原领导班子来搞。1月26日，国务院、中央军委即发出《关于民用航空系统由军队接管的命令》（以下称《命令》），规定了三方面内容：一是对民航总局各大区管理局、省区局、航空站、指挥勤务保障体系、机场和飞行学校，一律由军队接管，接管工作由空军组织实施；二是在军队接管后，民航系统的"文化大革命"遵照中共中央关于无产阶级"文化大革命"的决定，按军队系统的安排和做法进行；三是民航系统各单位的革命组织，对民航系统以外的革命组织，一律不进行串联。

《命令》还规定民航地区管理局以下单位，只进行正面教育，不得搞"四大"。1月28日，空军派出的军管组进驻民航总局，协助监督"三条命令"的执行，当年4月军管组撤回。

基于这个及时的"三条命令"，学校内部的运动很快就过去了。尤其是1968年前后，为适应国内外形势的变化，中国民航划归空军领导，民航的干部职工一律都穿上了空军制服，除工资外，其他一切规章制度一律按部队编制执行，相对于乱哄哄的社会，这里相对安静。

但学校的秩序基本上崩溃了。1966—1969年，全校几乎关掉，停止招生。

1969年8月16日，中央军委办事组在空军党委转报民航总局党办《关于将民航机械专科学校全体人员调往江西民航奉新"五七"劳动学校的报告》上签批同意，宣告了民航机械专科学校（以下称民航机专）正式撤销。这所中国民航唯一的大专学校，停课不办学了。

1969年夏季，中国民用航空总局根据当时的形势，决定该校全体教职员工，搬迁到江西省宜春市奉新县，创办"五七"干校。据朱家俊回忆，也有少部分人去了内蒙古。他和都业富都在奉新"五七"干校，但都业富在5队，与他不同队。

江西省宜春市奉新县，自然环境不错。除了民航的"五七"干校，还有一机部的"五七"干校也设在这里。1969年11月，经过1500余公里的艰苦跋涉，民航机专300余名教职工到达民用航空奉新"五七"劳动学校。根据民航总局指示精神，劳动学校主要工作由总局负责，经常性工作由民航上海管理局负责，领导班子以民航机专干部为主，学校为师一级单位，劳动计酬。

民航"五七"干校原本是一所劳改农场，朱家俊只在这里待了一年，就于1970年被调到民航总局工作，但都业富一直在这里。

1971年9月13日，林彪外逃死亡，民航总局要在天津成立一个教导队恢复教学，正好是民航原班人马在负责，要抽调一部分人员，于是经朱家俊引荐，都业富回到了天津教导队，结束了在奉新"五七"干校前后总共三年时间的下放劳动。

但不是所有教职员工都愿意回教导队，因为当老师工资也不高，有好多人不愿意回来，而是去了民航管理局，那里工资高、待遇好。

直到1973年，奉新"五七"干校正式停办。学校教师、干部等，根据各自的情况和各地民航部门的需要，被重新分配到全国各地工作。有些人退出了民航系统，到地方工矿企业工作，一所十分正规的大专学校天津机械专科学校，就这样彻底解散了。

四、搞"四清"结识爱人

在接下来的"四清运动"中，由于工作关系，都业富认识了赵景英。后来二人结为夫妻，相敬如宾，不离不弃，堪称模范。

说来，妻子赵景英可能是都业富这个家庭真正的领导核心。她考入天津师范学院，接受了正规的大学教育，后来表现优秀，从一名普通老师调入教育主管部门从政，并做到区人事局局长位置，可谓是整个赵氏家族的骄傲。

作为大家庭走出的有能力的人，帮扶家人，赵景英不遗余力。在赵氏兄弟姐妹中，弟弟要从新疆回天津市和平区，是她帮忙找的工作；外甥女丈夫失业后到商场当司机，也是她帮助找的。大家都亲切地喊她"三姑"。

所以赵景英2018年去世后，大家都来告别，因为都感受过她的温暖。"我有很多行为做法，有时候可能觉得有点与众不同，可能也是一种传承。我妈是这个家族的灵魂，什么事情都是三姑把大家照顾在一起，不会因为她不是长姐，就躲得远远的。"都军回忆起母亲，多半是敬。

"文革"开始前有个预演，就是搞"四清运动"。赵景英作为学校的工作队代表，到东丽区某村参加运动。正好，都业富作为民航学院的代表，也在这个村参加运动，于是两人在运动中相识，然后建立联系。

都业富曾给儿子都军简单讲过他们夫妻相识的事。有点意外的是，都军记得父母是1968年在"四清运动"中认识，1969年结婚。

都业富刚到天津工作的1964年左右"四清运动"才是高潮。因此，有足够的理由相信他们认识的时间早于1966年，即"文革"前就认识了。

结婚时，都业富的一帮同事参加，都着军装；赵景英也来了一帮同事，是老师。大家聚在教室里简简单单地热闹一下，就算是举行革命婚礼了。

虽然都是知识分子，但男方是很抢手的现役军人身份，政治面貌是中共党员，相当于现在的高级公务员了；女方是教师，在那个时候，可谓良配。

赵景英祖上并不是天津本地人，祖籍河北省沧州市青县，离天津一步之遥，但从父母辈起就在天津生活了。

兄妹四人中，赵景英是老三。长姐小学毕业后，可能在中等技校待了一段时间，就直接去天津市钟表厂上班了。因为是家中第一个孩子，所以承担起了挣钱养家的任务，大概于1998年去世。留下两个女儿，大女儿孙丽萍，二女儿孙丽凤。

二姐好像早夭，没有留下子嗣。

唯一的男丁赵景泉排行第四，比赵景英小四岁。因为不太喜欢学习，正好赶上支援边疆的大潮，他就被派到新疆去当工人。

赵景英和家人的老照片

其实，那时候正是城里工作岗位不足的时候，一些知识青年被动员上山下乡，另有一些人主动到边疆工作，赵景泉应该就是支援西北建设的那批人之一。后来落实政策，他回到天津，继续做工程施工。

因此，赵氏姐弟中，只有老三赵景英被寄予整个家族的希望。她不负众望，考上了大学，成为城市的教师/公务员阶层。

这样的一个普通家庭，女儿与都业富这样的军人背景知识分子成婚，赵家老两口应该是开心的。

只是没想到，今天刚上位，明天就被批斗，这在那个年代可是家常便饭。如果都军没记错结婚的时间，那么1969年正好是都业富被"发配"到江西民航"五七"干校的那一年。

天津大学校门的赵景英（1965年）

赵景英大学刚毕业时的照片

邢莉为都业富和赵景英合成的结婚照，老两口没有结婚照，非常喜欢这张照片，并一直放在床头

五、遇伯乐重拾科研

甫一回到位于天津的民航总局教导队，都业富并没有参与教学和军事训练业务。因为他原来的岗位是政治部秘书，因此给他的工作是搞运动、抓思想政治工作，即负责学生思想政治的教导员。

此时，后来担任中国民航大学经管学院院长的董阳泰先生，正在从行政管理队伍里挑人到教师队伍搞专业，了解到都业富在数学方面基础很好，很看重都的才华，便将他安排到经营管理系任教，往专业方向培养。

朱家俊说，董阳泰是都业富的恩人、伯乐。甚至后来接都基财到天津来看病，都是董阳泰介绍的医生。

都业富当时工作的单位叫教导队，但实际上，办学地点还是在原民航机专校址。在中国民航大学的官方介绍中，这段历史也被纳入校史。

直到打倒"四人帮"后的1977年8月3日，民航总局教导队撤销，中国民用航空专科学校（简称"民航专科学校"）正式成立。

1981年8月10日，中国民用航空专科学校更名为中国民用航空学院，2006年5月30日再次更名为现名中国民航大学。

这段时间，"文革"理论实际上已经破产，但改革开放还在胎中，需要诞生的契机。我们现在已经无法还原这段时期都业富的工作经历，同事们的记忆，也似乎出现了"空白"。

很多年后，都业富对自己的研究生提起过这次重新回到科研队伍的旧事。他的说法是"很喜欢做课题"，同时觉得我们国家、民航行业的发展，需要有人去做开创性的科研工作。

他还开玩笑说："我如果还走行政口的话，最后到点退休，干到处长应该问题不大，能不能再继续往上干呢？那就不知道了。但从我自己的本性来说，我还是喜欢搞科研。"

他觉得，科研可以拉长他的人生，每天都很充实，每天都有新的想法。

对于转型，1980年入职的一位同事很感慨。他说，都业富特别智慧、特别聪明，一是从行政部转到教学工作，二是从教数学转到民航，三是从教学转到科研，他脑子特别聪明，能够在很短的时间内完成这几个大的转型。这反映出都业富头脑非常清晰。

1979年民航大学恢复招生，虽然学校规模很小，是专科层级、教学型的一家小学校，但科学的春天已经到来，为科研人员开启了另一段人生。

尤其是到了80年代，百废待兴，都业富也和大家一样，在寻找主攻的突破口。他不满足于做一个教师，而是想在科研方面有所建树。

那时要做研究，比开展教学更难。毕竟底子摆在那里，再加上十年空白，可谓一穷二白。正当大家无处下手的时候，市场需求主动找上门来。

1985年前后，西安被列入了对外开放城市，国际游客对兵马俑、西安城市充满了向往，每一家航空公司都来游说，但西安无法确定合适的客运机型。最后，西安民航管理局找到民航大学，希望做一个课题研究，给他们做决策参考。

事实上，当时苏式、波音、空客的飞机都有，机型杂乱，因此选型实际上是整个民航系统的难题。都业富牵头接下了这个项目，从此走上了飞机选型的研究道路。

都业富曾经在一次媒体访问时提到过此事。他认为，我国航空公司存在着机型使用不合理的问题。像波音747、777等机型，本来就是为远程航线设计的，每次飞行里程在5000公里甚至8000公里以上，才最经济、最合理，只飞2000公里，实际上是很大的浪费。在一种无序竞争状态下，航空公司盲目追求大飞机、新机型，飞行成本很高，对消费者也是一种误导。飞机的油料很大一部分消耗在起降上，特别是起飞时。因此，用最适合的飞机，飞最适合的航线，科学安排机型和运力，才能最大限度地降低成本。况且，飞机小并不代表质量就差，消费者得到的服务是同等的。

20世纪80年代中后期，民航还没分家，民航新疆管理局、浙江省局等一些地方局的航空战略规划、飞机评估与选型等研究，均由都业富带队完成，这应该算是国内最早开展的科研工作，在全民航系统形成了一定的影响。

在同事们的印象中，那时谈科研、学科建设的氛围不像现在这么浓厚，都业富比较早地介入有关民航经济管理方面的一些实质性的科研工作，开展了相当多的项目。他逝世后，民航大学的一众学者谈起他这段时间的工作，一致认为他是经管学院科研工作的开拓者，为科研工作的起步做了卓越的贡献。

在经管学院书记陈玉宝的印象中，经过都业富的带头，经管学院经管系的科研工作打下了一个良好的基础。后来经管学院之所以成为名牌学院，与其在"贫"时坚持开展科研分不开的。

六、古道热肠的良师益友

1982年，经管系教师耿建华刚入职民航大学时，学校还不大有气象，他两眼一抹黑，对情况不是很了解，教研室黄书记就将他交给了都业富，让他负责耿建华的生活安排。

耿建华记得很清楚，黄书记只说了一句"小耿来了，你来安排一下他在民航大学这几天的生活"，都业富就说，先给他安排到招待所去，晚上领到黄老师家去。

耿建华记得，他拿的东西比较沉，都业富亲自领着，两个人一起去学校招待所。这还不算，都业富给他找到招待所的工作人员，安顿好生活，还给他介绍民航学院的情况。

到了晚上，都业富又赶到招待所，带他去黄老师家。到了楼下，他让耿建华上去，自己就不上去了。回忆起来，耿建华只觉得都业富为人特别热情。

1985年左右，黄老师生病，无人护理，只能是耿建华他们这批年轻教师帮忙，也包括都业富、陈玉宝、李金哲等一批老师。耿建华记得，都业富跑前跑后，确实体现出老师之间的情谊。

都业富对年轻教师可能都是如此关怀。现在国外的年轻教师赵斌记得，他到民航开始科研工作时，一讲完课，都业富老师提出了表扬，但也提出了不足方面，比如课应该怎么讲、从哪方面讲、哪些是要点、如何把民航的情况说到位，不仅介绍了民航相关的知识，还从讲课的方法上、内容上、形式上进行很好梳理，对民航大学特别是经管系的教育工作，也起了一个很好的推动作用，令他受益一生。

也正是因为父亲的卓越，都军最大的遗憾是没有听过父亲一次课，尽管1994年读大学的时候也有机会。回头想想，都军觉得那时他对很多事情的理解和认知没有达到应有的水平，所以现在才有遗憾。"如果我当时能够有机会听父亲讲课，其实不管是对我还是对他，都是一件非常值得纪念的事情。"

陈玉宝书记说，都军遗憾没有在父亲生前听过父亲讲课，但他"替"都军听了。因为他20世纪80年代进入经管系工作以后，一直跟都老师在一起，一开始是当他的助教，都业富在台上讲民航市场调查预测，他就坐在下面跟学生一起听课，课后帮都老师改作业。

经过几轮听课后，都业富觉得他可以上讲台了，可以放手了。于是，陈玉宝上讲台讲，都业富坐在下面听。每节课下来，都业富都要指点一下，点评一下哪些地方讲得好、哪些地方需要改进一下。"跟他摸爬滚打很多年，民航市场调查预测这门课，后来逐渐成形。"

后来，两人合作写了一本《民航市场调查与预测》，获得当年的民航科技进步奖三等奖。

投桃报李，都业富曾在光复道1号楼301、3号楼605住过，那时没有搬家公司，都是几位年轻老师帮忙搬的。那时人与人之间的距离很近，白天上班，晚上住同一个小区。有时候，人们也会怀念那个同事之间亲密无间的年代。

年轻老师还记得，帮都业富搬家或去他家，都业富老两口都非常热情，亲自下厨，一定要留着吃个饭，给他们年轻人改善生活。"你们整天吃食堂，生活条件也都很差，给你们烙点饼。"

此时，都业富还会借机教育女儿都红"你得向王叔叔学习，他大学毕业了还天天学英语"，这时王老师就会说："我学英语也是受你的影响，因为都老师讲民航的行业语言是英语，不学好英语不行，所以说我是受你的影响。"

在同事眼中，都业富对青年教师古道热肠，对子女后辈既是慈父也是严父，他非常爱孩子，但又严格要求，从不溺爱，应该是一种严格要求下的爱。

王老师说："你这么教育下去，孩子肯定比我们要有出息得多。"事实也证明了这一点，都军、都红的学习长辈没操太多的心，现在工作干得也非常棒。

都业富教授一共带了五届研究生，冯明是2002级的第一届。他刚读研时，因为之前没有做过科研，不知道从哪里下手，都业富除了手把手地教，还让他做到三点：

第一静心。要静下来做科研，不能太毛躁、太浮躁。

第二专心。研究一个方向，朝这个方向钻进去。

第三耐心。做科研，有时候反反复复，有时候可能遇到一些问题，你得有耐心去克服。

研二那年，正好是全国非典暴发，大家都很恐惧，都业富像个长辈一样，专门给冯明打电话，说不要害怕。"我经历的事情多了，这个疫情没关系的，咱们一定能扛过去的。"

听了这话，冯明跟其他同学讲，我导师说了，疫情不用很担心，大家别怕，我们老师经历过好多疫情，最后都扛过来了，没问题的。

冯明说，想起这些往事，都觉得特别感动。都老师不光是做研究特别严谨，生活方面对他也有特别细致入微的关心。

都业富

教授,民航局首批特聘专家,兼任天津市老教授协会常务理事、天津市运筹学学会秘书长

研究方向:民航运输运行管理
代表性成果:
1.航空运输运行体系建设研究(国家科技部:国家软课题)
2.保持航空运输系统性的政策研究(国家民航局)
3.西藏民用航空发展战略和政策研究(国家民航局)
4.我国民航市场结构演化规律研究(国家民航局)

都业富和学生的合影

2005年毕业后，冯明留校工作，但一到节假日，都业富都要请在读的和留校的研究生去吃饭，大家坐一桌，然后聊聊天。

好像大家平时在学校里舍不得吃似的，都业富每次都点一桌子菜，还要学生们多吃肉菜，他自己则不怎么吃，很开心地跟大家聊。都业富去世后，一谈起这些事，冯明就特别激动，从各种U盘里找了一批都业富的资料。

七、国务院特聘专家

都业富从副教授升到教授很快，因为成就出得很快，但是从讲师到副教授花了很多年，直到1990年才评上。

在同事们的印象中，都业富不光在科研上努力，还非常关心民航管理学院的发展。从专科到本科再到研究生教育，民航每一步升格，都在都业富的关注下。因为都业富几乎天天来办公室，大家没事就去他办公室聊一聊民航现在发展的新动态，然后讨论大家应该做点什么、在科研方面应该朝哪方面努力。

尤其是在学科建设上，都业富提了很多好建议。20世纪90年代初海航刚建立的时候，民航大学被挖走了一大批人，一个专业几乎瘫痪，都业富主动承担教学任务，帮助出主意想办法，做了很多贡献，这让学院管理层特别感激。

那时的科研条件艰难，管理系的名气也不是太大。有次都业富想做个课题，因为有很多算法要编成程序，他没有这方面的人，还找计算机系，问有没有老师愿意跟他一起做。

他做的课题中，有一个是飞机选型。其中搞发动机的老师一个课题组，都业富是专门搞成本核算的一个组。但要计算这个模型得编程序。计算机系后来找了老师刘沙，项目完成后，做管道系统的软件设计也都与刘沙合作，算是个长久的搭档。

到后来，都业富在业界名气很大、很有威望，大家都叫他"都教授"，但他实际上还是讲师职称。因为他在科研上很动脑子，所以评上副教授以后，升教授很快。

1994年，都业富获聘第一批国务院特聘专家。

这可能是他人生中获得的最大的荣誉，也是他自己最骄傲的。都军记得，那年他刚上大学，父亲特别兴奋地对他说："我成了第一批国务院特聘专家，尽管钱不多，但是这个荣誉很重要。"

因此，在安葬父亲时，都军将三样东西让老人带走，一是这本荣誉证书的原件，二是都业富写的最后一本尽管还没有正式发表的书稿，让他最心爱、最骄傲的东西能够一直陪伴他。

正如都业富自己所说，他个人对金钱不太计较，他想的就是教学、科研，不计较待遇，有些工作没有钱，他觉得有意义也免费做。所以他因为科研项目成果显著，先后被评为优秀教师、天津市劳动模范、民航总局的优秀共产党员等。

有意思的是，连都军都对父亲所获的荣誉没有完整掌握，反倒是他带过的研究生提起来，从1985年到2004年间，总共有28份奖励证书。1991年到2000年，是中国加入世贸后经济腾飞的时期，民航业迎来最好的发展机会，在此期间，都业富拿了不少民航系统的科技进步奖，实现了个人与民航业的同步成长。

在民航大学同事们的记忆中，1998年前后，都业富曾做过一个"航空公司运输成本控制研究"的项目，拿了民航总局的科技进步奖。那一年拿科技进步奖的还有彭院长所做的"民航统计的指标",也是拿了二等奖。

"那一年民航大学拿了好几个奖,做基地规划、成都到拉萨航线试用机型的研究,都老师是一个非常主要的研究力量。"民航大学从建校到现在,拿过国家科技进步奖的,应该就两项,其中一项就是经管系都业富团队做的飞机选型,他也因此获聘国务院特聘专家。

2005年,中国民航总局决定在民航各个领域挑选优秀人才,作为中国民航总局第一批特聘专家,共12人,任期4年。中国民航大学特聘专家共3人,分别是都业富、科研处处长吴仁彪、中国民航大学副校长王立文。都业富入选的业务范围正好是他最熟悉的管理。

就在都业富被特聘为国务院专家的1994年,中国民航总局接到人事部通知,组织专家编写民航系统初、中级职称考试教材。

民航总局将此任务交给中国民航学院,学院抽调经管系马名时、朱佩和都业富参加编写工作。中国民航总局由科教司人事处党扣负责。

当年9月份,党扣领着他们3人到黄山开编写会议。这是都业富第一次去黄山,住在黄山脚下一家旅馆里。开完会到黄山旅游,风景令都业富流连忘返,他在一篇自传文章中说,尤其在攀登黄山第一高峰莲花峰时,特别艰难,要爬行钻山洞,到了山顶,天地相连,山顶上称为鲤鱼背,特别惊险,只有一条小道,小道两旁用铁链连着。

这套职称教材分为初级和中级两册出版,这两册的基础理论部分均由都业富编写完成。

有趣的是,都业富专门提到,他在黄山第一次吃到猕猴桃。

从1995年开始直到2004年,都业富参加了由人事部组织的民航职称考试命题组。命题组由朱佩、都业富两名固定的成员,再加一名临时成员,有时是孔令宇,有时是李晓军组成。命题由基础部分和专业部分组成,基础部分分单选题、多选题及计标题,专业部分也同样分三种题型。初级 套,中级 套。先出一套草稿,然后交由人事部组织的专家组专门审查,发现问题进行修改,直到审查合格,命题才结束,然后由人事部印刷和组织考试。

组建中国民航航空运输经济和管理科学研究基地。2001年,中国民航学院院长杨国庆调任中国民航总局副局长,分管机场和科技教育,他提出中国民航要建一些研究基地,其中中国民航学院计划要建三个研究基地,分别是机场地面设备研究基地、航空运输经济与管理科学研究基地、空中交通管理研究基地。机场地面设备研究基地由王立文负责;航空运输经济与管理科学研究基地由民航学院院长吴桐水负责,建设方案与可行性论证由都业富负责;空中交通管理研究基地由民航学院副院长徐肖豪负责。

都业富负责撰写可行性论证方案,展示近几年研究成果,现有的与未来研究人员、未来研究的一些课题与实验室建设等。

中国民航总局科学技术委员会召开会议研讨各个基地的方案,都业富等人的方案获得了通过,并由中国民航总局下达了通知及预算，基地获得300多万元投资。吴桐水为基地主任，都业富为副主任，负责基地的日常工作。后来，总局的这笔投资主要用于仿真实验室建设，位于南院四号楼6楼。

2006年，民航总局组织专家到各个研究基地验收建设情况，管理基地获得通过。

2004年10月，中国运筹学年会在青岛大学举行，都业富和吴桐水被选为中国运筹学会理事。

在中国民航大学的宣传中，从邓福庆教授到都业富教授，他们在平凡的岗位上用实际行动诠释"劳模精神"，用平凡铸就不平凡，为中国民航事业的发展做出巨大贡献，是中国民航大学精神谱系的书写者和实践者。

八、加国探亲结搭档

1995年，那时候还是会计教研室，经管学院书记刘敏参与了都业富主持的机型成本研究课题。因为跟着都业富做课题，年轻老师会觉得很幸运。

课题组选择的航空公司是新疆航空公司，刘敏跟着都业富一起到新疆调研，待了整整一个暑假。因为孩子还小，刘敏还带着小孩，都业富特别和蔼可亲，以致刘敏的孩子一直叫他"都爷爷"。课题做下来，就连新疆航空公司的年轻人和一些领导对他印象都特别好。

本传开始写作时，听到都军要来采访，尽管课题已经结题几十年了，但刘敏还想与新疆航空公司陈丽红总沟通一下，是不是要请他也来参加。都业富去世时，陈丽红也委托刘敏出席了告别仪式。

广结善缘，可能是都业富的性格。有个软科学项目，就是他在加拿大探亲时拉到合作方的。

大约在2004年，都业富负责民航系统的第一个国家软科学项目，由科技部立项，最后成功结项。都业富让刘敏将初步成果打印送一份给人教司副司长杨胜军，特别交代给发展规划司副司长、现任国务院副秘书长王志清送一份。

送到之后，王副司长非要拉着刘敏在那儿坐一坐聊一聊，说他进入民航之后，多次和都老师交流，也得到了都老师很多教诲。

这个课题之所以取得很好的成果，与哥伦比亚大学于春燕老师分不开。而两人结识的过程，也颇具戏剧性。

都业富在加拿大探亲看望女儿时，不会总在姑娘家待着，早上就去图书馆，晚上再回来。所以在温哥华，他见得最多的并不是他的子女，而是图书馆管理员，他们天天见到老师非常熟悉。

都业富查文献，敏锐地发现综合评价是一个非常重要的方向，这方面比较成熟的研究都在加拿大哥伦比亚大学，于是就主动找上门去自我介绍，便认识了后来的合作方于春燕老师。

2005年冬天，应都业富的邀请，于春燕来天津交流。老师们陪于老师旅游、逛市集、吃烤鸭。通过项目认识朋友，这是都业富这么多年来非常好的做法。新疆项目结束后，一到新疆航空公司去，任何级别的人，一听说是从民航大学来的，就问都老师好不好。

都业富与航空业界的感情，在其他老师看来也是深厚的。2006年冬天，一位老师陪都业富去中航集团，在12楼遇到了时任集团副总裁、现任南航董事长马旭伦，马总看到都老师特别高兴，在旁人看起来绝非寒暄，而是非常真实的那种热情。虽然此行拜访与马总没有关系，但马总就是拉着都业富的手说个不停，离开时一直把都老师送到停车场的车上，看着都老师坐进车里开走，马总才回办公室。

在都业富那间小小的办公室里，人们经常看到很多航空公司的大咖出入。有位老师说他至少见过两次，一次是深航的，一次是东航的，他们拿着都业富那本《航空运输管理预测》上门请教。对方有些模型弄不懂，都业富非常热情地讲解，用手写，一步步推导。

因此，各家航空公司老总对老师都业富就有一句话"您在这边有任何事情就跟我说"，关系到了这一步，你能够想象到都业富在科研教学，包括一些其他活动中，的确令人高山仰止。

九、大飞机强国梦

　　都业富的第三届研究生朱新华记得，2004年9月份时，都业富刚从西藏、青岛等地出差回来，就说脑部要做手术，并计划下周还要再去一趟拉萨。

　　朱新华觉得很惊讶：脑袋里长了一个瘤，还要出差，还要去高原，完全无法想象。但都业富谈笑风生，好像觉得这就不是个大事。

　　"我现在还能回忆出当时对话的情景。"朱新华说。

　　从西藏回来没多久，都业富就在环湖医院做了手术，从手术床上抬到病床上的时候，第一眼见到朱新华，就感觉特别不容易。

　　2006年前后，航天航空科研院的李大立老师做一个西藏项目，大家知道上高原很辛苦，不愿意去，但都业富亲自去。后来李老师对老师都业富赞不绝口，因为他对知识、科研充满热情，没想到碰到都业富，比他还要厉害。

　　2007年，国家决定启动大飞机项目，《三联生活周刊》要出一期专辑《大飞机强国梦》，请民航总局推荐专家，讲讲这么多年我们飞机引进、基地规划、飞机选型方面的经验得失。

民航总局一听，除了都业富，没有其他人。采访中途吃午饭时，两位记者感慨，那么久远的民航发展历史，那么多的数据，都业富娓娓道来，条理清晰，每一个数据都非常清楚，让他们很惊讶，"真的是专家，专家还真是专家"。

俗话说同行是冤家，但都业富对同事，从来都是毫无保留地倾囊相授，在自己取得非常大的成就之外，还帮助别人成功，让人们非常赞叹。

尤其是，他有宏观的视野，能发现非常多的问题，总有做不完的课题，自己忙不过来，就想动员其他人去做。比如建议曹永春搞临空经济，现在这个冷门，未来一定是热门；小金老师适合搞运价，就去搞运价。

"他看到了民航发展的各种各样的问题，把这种问题提炼成了研究方向。他不保守，也不藏着掖着，会根据你的兴趣、基础，给你方向。"老教授华克强老师曾说，他刚从工程大学来到民航大学的时候，也搞不清楚方向，因为他是搞自动控制的，后来都业富跟他说，他这个方向在民航大有前途，不光帮他找了好多资料，最后还申请了国家自然科学基金，这是民航大学比较早的一批申请到国家自然科学基金的。"20多篇论文都是都老师给我找的，他说自己没有精力研究，而且也正好是自动控制，关于一个跑道方面的研究，你可以申请。"课题完成后，华克强对都业富非常感激。

另一位工业工程的老教授申请自然基金，也是都业富帮他找资料。

在本传作者采访时，刘敏记得，都业富特别关心年轻人的成长，从学习的重要性，到怎样做研究，具体到一个时期要研究什么问题，总有创新的思想出来。

哪怕退休后到老教授协会，他到学校来，有时会到已调任财务处、后来调任国资处的刘敏聊聊天，动员他回到科研线上来，一起做些他正在思考的课题。

刘敏说，他虽然因为行政事务太忙而耽搁了一些科研，但很多经管学院的年轻人都是跟着都业富开始走上科研之路。像李小军等老师在科研上的成就，与都业富当年的帮助甚至直接工作是分不开的。"在我的感觉中，他就是父辈的感受，所以我非常感谢他，也非常感激他把我带进了科研这个行业。"

这一切，都是因为都业富对民航的发展是真爱，热爱他所从事的事业。"要不然你很难解释一个人一辈子能够踏踏实实勤勤恳恳，就专心在一个领域，却能有如此宽广的视野。"

哪怕退休后，有段时间因为中风，都业富面部有点偏瘫，但还是坚持来办公室工作。耿建华说，他有次中午有事要回市区，班车上遇见了都业富，便将学校改革过程中的一些情况做了汇报，都业富马上就根据他谈的情况提出了自己的想法。"他这是生命不息、奋斗不止。"

十、建言首都第二机场

2002年，首都机场就曾对启动扩建工程与建设第二机场进行过方案比较，最终选择了对现有首都机场进行扩建。

但一位民航管理干部学院的专家在接受媒体采访时表示，首都机场2004年旅客吞吐量为3488万人次，同比增长43.6%，除去2003年SARS的影响，首都机场的年吞吐量保持在15%的增幅，以此推算，到2010年首都机场的旅客吞吐量将达到6200万人次——已远远超过第三次扩建设计旅客吞吐量。

首都机场超负荷的吞吐量，迫使建造第二座机场被摆上了议事日程。都业富在接受《21世纪经济报道》采访时说，首都建第二机场甚至第三机场是国际化大都市的发展趋势。由于首都机场的超负荷运转使得在目前位置上扩大容量比较困难，同时由于实行"限制机型"政策包括规定737以下的飞机不能进入，给发展支线航空、通用航空带来不利影响。他认为，选址建造第二机场，可以适当降低投资额度、投资规模和机场标准，同时在功能上与首都机场明确区分，例如首都机场可以飞大型飞机和国际飞机，第二机场则可以重点发展支线航空、通用航空等。

对于有些专家提出扩建天津滨海国际机场，将其发展为首都第二机场的建议，都业富认为，天津机场的长远规划还是要以货运为主。尽管目前吞吐量巨大，但是本地市场已经接近饱和，恐怕无力担当首都第二机场的重任。

现在，北京大兴国际机场已经建成投运，都业富的观点得到了印证。

十一、献身科研为民航

除了科研，都业富在教学上也让同事们印象深刻。20世纪80年代，民航经管局找了三位老师做教学观摩课，老中青组合，最年轻的是耿建华，老的是马老师，中的就是都业富，他讲的是管理课。耿建华记得，都业富的课用词特别准确、生动，非常形象地介绍了运筹学，讲解得非常到位。

有次同事韩明亮跟都业富出差，两人同住一间房。他想出去看看，结果都业富让他去，自己拿出两篇论文来，再拿出一本英文大词典。韩明亮出去转了一圈两三个小时回来，都业富还坐在那里看书。

那时出门机会少，年轻人总喜欢出去转。这事让韩明亮记了一辈子。他觉得，都业富就是爱干这件事，爱一辈子干一辈子，否则很难用其他原因来解释。

都业富后来成为全民航系统响当当的有影响力的知名学者，除了项目科研做得好，也是因为门生遍天下。因为他是整个民航业和民航经济管理方面的顶级专家，在外面讲课、培训特别多，一提到都教授，民航人尤其是老一辈的民航人很多都认识。可以说，他的学生不局限于民航大学，而是遍布民航系统。

耿建华记得，他在北京银行管理干部学院学习时，当时叫中财班，即培训民航系统管财务、审计、经营的财务处长。

这个培训对师资水平要求非常高，北京管理学院的教授承担不了，最后从北京各高校请了一批专家。耿建华问这些名家里最有能量的是哪一位，对方回答是民航大学的都业富。耿建华问为什么是他呢，对方回答说，只有都老师开那个课，第一个结合民航，第二个效果非常好。

这个班办了10年，都业富讲了10年，总共培训了超过2000名中高级管理干部。有人开玩笑说，如果说民航行业内有人说没听说过都老师或不知道都老师，那是因为他还够不上档次。这话毫不夸张，前五批中青班学员，现在都是民航的高级干部。时任民航总局一位副司长王志清说了很多与都业富的交往细节，表示都老师拿过来的书他一定会好好学。

此外，民航管理干部学院关于跨世纪人才的培训班办了好多期，每一期都请都业富去授课。

都业富热爱学习，从未停下学习的脚步。陈王宝说，都业富对民航有发自内心的热爱，哪怕他自己退休后也仍旧如此，有次在门口遇到80岁的都业富，后者还在谈对民航大学的发展想法，从未停止思考。

陈王宝说，都业富是一个终身学习的榜样，这点好多人难以做到。无论是在成都新津时期，还是在天津，因为时代的局限，很多人都学了俄语，但有价值的资料往往都是英文的。改革开放之后，都业富从零基础起步，从26个英文字母开始一点一点地抠，借助字典自学，硬是达到了自如阅读英文文献的程度。

哪怕是他后来成名的管理学，也不是他的本专业。他本来在学校基础部从事数学教学工作，但也完全靠系统自学，加上一些短期的学习培训机会，成了管理学业的顶尖专家。

这个学习过程，包括他不间断地研读国内外的管理学、经济学著作文献，即使退休后也没有放弃。

陈玉宝记得，都业富每次到加拿大探望女儿都红回来，都跟他分享"我这一次去又取到了好多宝贝"。他让女儿都红带他到加拿大的一些著名大学，去翻阅、查找最新的英文资料。

"那么大的岁数，都七十几岁高龄了，还在孜孜以求地钻研学习，经常给我们在某些学术研究方面做一些指导。"陈玉宝说，都业富阅读大量的英文原版作品，甚至发动在加拿大的女儿帮他搜罗回来。都业富能够成为经济管理学科方面一个有影响力的专家，确实不容易，与他的终身学习、不断钻研有密切的关系。

正因如此，都业富的学术视点一直保持在国际最前沿。全球民航的热点问题、学界应该重点关注哪些问题，他的思路一直很清晰。

中国民航大学经管学院院长彭玉斌在接受采访时说，都业富可以说是为民航事业奋斗终身。哪怕退休以后，他仍然几乎天天到学院办公室，还在继续关注民航事业、民航科研的发展，为民航事业做贡献。

在同事们的心目中，老师是不坐班的，但已经退休的都业富的办公室总是有人的。他比在职的老师还勤快，每天大老远坐班车到校，挺难能可贵的。

十二、运筹学会发起人

2004年9月，都业富发现右脸嘴部疼痛，到环湖医院一检查，发现头右部小脑有个瘤。医生说小脑长瘤的患者很少，十万分之一的概率，也就是说十万个人中只有一个人患此病。

治疗方案是手术，但他因为要出席青岛大学会议，所以把手术推迟到10月份。妻子赵景英通过天津医科大学总医院图书馆小部，认识坏湖医院专家黄楹，由黄大夫做了手术。

住院期间，夫人赵景英和都军、邢莉经常来看望。吴桐水及管理学院许多老师也来探病。出院后，尽管仍有面瘫症状，但他还是坚持上课。

直到2017年8月初，妻子才告诉他，因为神经系统复杂，当时手术只做了98%，所以面神经受压迫无法完全解除。

由于经常去天津大学管理学院，都业富与运筹学教授吴育华很熟。后者是中国运筹学会的理事，提出想在天津市成立运筹学学会的设想，天津大学、中国民航学院为发起单位，委托都业富筹办此事。

都业富找吴桐水院长商量，吴院长同意，于是都业富开始筹划此事。先到天津市民政局社会组织处，了解需要办理学会的手续，后到天津市科学技术协会学会处了解天津市学会的情况，及成立学会后如何管理，因为该处对下属的学会一年进行一次年检。

全部了解后，都业富再去天津市民政局社会组织处，负责人告诉他，南开大学也在申请成立运筹学会，让他到南开大学商量合办。

都业富找到南开大学陈秋双教授商议，双方同意联合成立，注册资金3万元由中航大负责解决。

2005年，天津市运筹学学会成立仪式在中国民航大学举行，天津大学吴育华教授为会长，中国民航大学校长吴桐水、南开大学陈秋双为副会长，都业富为秘书长。

2005年，国家发改委召开民航机场发展会议，都业富在会上认识了李大立。李大立生于1935年，原是长安航空公司总经理，时在中国通用航空信息研究所工作。会议休息期间，她找都业富、北京航空航天大学教授张宁、南京航空航天大学教授朱金福商议西藏民航发展战略研究，最后同意四方组成课题组，同西藏民航管理局一起研究此课题。

都业富带上研究生宗苏宁和小翁一起参加，负责西藏民航市场发展预测部分。

此课题于2008年结束，获得当年中国民航科学技术进步二等奖。

2002年，民航总局成立职称评审委员会，可评审正教授及正高级工程师，都业富被聘为委员，连任三届到2004年。当年，第一次评审在国航总部举行，由中国民航飞行学院游副院长负责，管理组只有都业富和吴桐水两人。

评审前，刚从民航大学调任总局的副局长杨国庆在国航总部旁一家餐厅请委员们吃饭，这也是都业富第一次吃到鲍鱼。

这次评审解决了中国民航大学一个难题。原来理学院牟德一曾两次申报教授职称，两次都没评上，原因是天津师大一位评委对他的论文有意见。

于是，都业富对民航大学人事处副处长穆玲说，将他的评审材料送民航总局，在总局评，一次通过。

十三、老教授协会发余热

因为教授可以工作到65岁，所以都教授是退休后又被学校返聘，2007年彻底退休，担任了民航大学老教授协会会长。好多人都说这个活吃力，讨不讨好先放在一边，要动员那么多教授来给年轻人上课，本身就是一件很辛苦的事情。但是都业富对这项工作特别认真负责，定期组织大家召开会议，一直推动老教授们发挥余热，产生了好多不错的成果。他还组织老教授协会开展一些活动，积极提建议，到每年底还要写总结报告，一直到80多岁。

2007年朱家俊从南京回来后，都业富找他"老朱你来干点事"，他问工作内容，回答说当办公室主任，朱家俊一听，老教授协会已有个秘书长，是他的一个女学生，秘书长和办公室主任一样职责，还要办公室主任干吗？

都业富说："还是你来吧。"朱家俊只好去当办公室主任，以后协会要干什么事，两人一起商量，有什么计划都业富就安排他去实施。

但实际上，都业富是天津市老教授协会常务理事。中国民航大学老教授协会的正确称呼，应该是"天津市老教授协会民航大学工作部"，都业富是工作部主任，所以老教授协会挂了两块牌子，有两个公章，既是天津市老教授协会中国民航大学工作部，也是民航大学老教授协会。

协会自己没有钱，都要靠自己去拉赞助，经济非常困难。幸好都业富是从经管系出来的，这个专业毕业的学生现在很多在单位做财务负责人，所以他去化缘，每年拨5万元经费过来，就比别的学校强多了，因此老教授协会在天津市比较有名。

有了钱，就有条件开展科研工作。都业富认为，年轻教师今后是民航大学的骨干，但他们对民航并不了解，所以要培养。但年轻人会听退休老人的吗？好在这项工作得到了学校的大力支持。

像运筹学研讨班，参加的年轻老师有40多人，都是博士生。都业富亲自讲课，老师积极性很高。

当然，除了都业富，还有5名教授给他们讲课，来自不同的专业，最后发结业证。这不仅是业务培训，更多的还是一种精神上的传承。

都业富好友朱家俊家中的中国民航大学颁发的奖章

都业富抓的第二件事是民航的航班延误。这在当时是一个很大的问题，经常延误，准确率不高。协会不光是研讨会，还成立了课题组，朱家俊也参加，也有年轻的博士后，都业富亲自抓。

他们跟民航总局的一个理事会联系，对方也确认这个工作很有意义。退休老教授每星期要跑学校起码两次与其碰头，"你说这对他有什么好处？已经退休了，职称也是教授了"。

在此期间，他投入了很大力量，还给奥凯航空做了一个航班优化项目。可惜的是，最后专门开发的软件没有推广下去，因为奥凯航空公司领导层变动，最后不了了之。但通过这个工作，年轻教师了解了民航。而有关课题的一个"航班延误"的讨论会，不仅民航大学的领导参加，还来了好多论文，对民航大学课题的研究研讨起了很大作用。

协会做的第三件事，是搞了一个航班中断决策系统。突然中断、航班怎么停了、怎么调度，要有算法。

都业富个人在创新人才培养方面也做了很多工作，他参加了一个全国大词典的编写，他负责民航管理部分，现已出版。

十四、杜鹃啼血写《创新》

在人生的最后阶段，都业富觉得，应该有一部类似于"民航概论"的著作，对中国的民航事业进行全面的梳理和总结。于是，他发动在职的年轻老师和退休教授一起合写《创新》。

之所以叫这个书名，都业富认为，民航是如何发展起来的，它必须有创新。对一个80多岁的老人来讲，辛苦是一方面，紧盯科研前沿，创新更辛苦。但在国家提出要注重创新以后，他感受特别深，老觉得管理方面要有发展，就应该有创新、要接受新知识。另外要应用新知识，做出我们特有的成就来。

根据分工，都业富写了一部分，前后费了好几年时间，为这本书付出了很多心血。

那段时间，都军在深圳工作，每年要跟父亲见三四次面，也只知道他在写书，但并不知道他在写哪本书。毕竟父子，生活上交流会多一些，在学术上交流少一些。直到都业富离世后，朱家俊来送别的时候，问起这本书，都军才知道。

都军拿到这部编写完成但尚未定稿的作品后第一时间安排打印成册，它给人的第一感受是"特别厚，内容特别多"，由此可见都业富在这部著作上所耗费的心力。

为了让父亲走得安心，都军将打印版作为跟随的遗物，与都业富埋葬在一起。"我知道他最关注课题研究，我作为儿子，作为对父亲的理解、对他的继承及尽孝，一定要让他人生的最后一本书陪同他一直走过去。"

当然，这部书还没有正式出版发行，也是很遗憾的。但聊以自慰的是，这部书稿已永远陪伴逝者，是否公开出版已没那么重要。他相信，只要这本书在身边，父亲一定很开心。

十五、空留书架谁继承

传记编写组原定六七月份到天津采访，等真的来时已经到了冬季。

天津是都业富最后定居的城市，他在天津成家立业，任职于天津的中国民航大学。

此行之前，以前的交流谈话让我在脑海中描绘了一个模糊的都教授轮廓，但是在遥远的同事、亲戚、邻居、朋友、学生和家人眼中，他更像是他们人生的参与者。他是东北亲人眼中的"神话"，是女儿眼中亲近可爱又有点固执的父亲，是儿子眼中想要超越又不断认同的"灵魂"。

但都业富是怎样一个人，我在以往的访谈里很难抓到一条线索。直到来到天津，采访终于进入他的事业篇，我才看到都业富本人是个怎样的人。

可以说赶得巧，也可以说运气不佳，来到天津时，因为新冠病毒，以往热闹的景点和街道，人烟稀少，我得以放空感受都业富曾经生活过的地方。

都业富最开始的家在光复道，是以前中国民航大学分配的宿舍。

光复道在八国联军租界的意奥风情区旁边，周围被意大利和奥地利风情的建筑包裹。

而中国民航学院当时则在郊区，都业富会和其他老师一起，每天搭乘班车到民航学院上课。

光复道的家离天津火车站只有几步之遥，哪怕周末，都业富也很少空闲在家，他往往搭乘火车去国家图书馆翻阅学校里没有的书，然后做笔记。

因为疫情缘故，我们很遗憾没有去中国民航大学亲自采访都教授的学生和同事们。所以在光复道上住宿酒店的会客厅，我们和他们开了一场视频会议。

都教授的学生对他在学校如何辅导他们做研究、教导他们做人，以及他们跟随都教授出去调研的经历，都教授是怎样身体力行成为他们学术上的榜样做了精彩的回忆。

他们描绘的都教授是和儿子、女儿及亲戚们眼中的形象截然不同的，他在事业上认真负责，熠熠生辉。

直到这一刻，我忽然感慨这本传记是值得写的，因为这个人和我欣赏的许多认真的人一样，在认真对待一件自己热爱的事。

2022 年 11 月，在天津市河北区光复道酒店里开都业富追思电话会的参会人截屏

他的很多同辈同事后来转了行政岗，他却一直在做研究，他的第一外语是俄语，时代潮流中英语成为研究主流，他就从头学起英语，哪怕去加拿大探望女儿，也是时常往图书馆跑，尽可能查阅前沿资料。尽管时常被妻子和女儿吐槽。

　　都业富教授退休后住的小区叫爱琴海小区，离光复道开车十几分钟车程。房子是一层楼打通的两套房子，都军找人设计，几乎一半面积放着都教授的书和他写作的书桌，卧室小小一间，仅占了房间的一角。

　　书柜连成排，摆满了各类和航空相关的书，有都教授自己写的，也有他收集的行业书籍。如果我是一个学航空的人，看到这些书必然会惊叹不已。他的女儿说，他生前最放心不下的就是以后这些书该由谁继承。

　　我们去的时候这些书显然还没找到新主人，它们规规矩矩躺在书柜里，书桌也整洁有序，似乎它们的主人还会随时回来工作。

都业富书柜，里面藏有许多和民航相关的书籍和论述。在余生最后几年，他一直在操心这些书籍该何去何从

都业富生前两处工作、学习的地方，同一间屋子的两张桌子，依旧整洁有序

都家东北老家最有名的一幅字画——《万寿山全景图》

他的女儿和儿子回忆他时会提及，给他买的衣服他就放在那儿也不爱穿。在父亲去世后，都军和姐姐打开家中衣柜，整打整打的衣物，崭新的鞋子，包装拆都没拆，但父亲就喜欢穿几件旧夹克、破汗衫、旧鞋子，舒服就行，他觉得没有什么。可能他们这代人经历过物资匮乏的时代，对吃穿生活条件并不讲究，更看重精神方面的追求，人生价值的实现。

都军和我们感慨地说："你看我爸一个大学教授、我妈一个机关干部，一辈子到头了也就留下这些有限的遗物。"

但我却是更喜欢这个不物质、专注于做学术的老教授，相比于造福一家人，它的研究应用于各类航空公司调度，提高了飞行效率。我甚至会宿命论地想，都军在飞机往来出差时，是否会想起感谢父亲。

— 第 五 章 —

家风传承

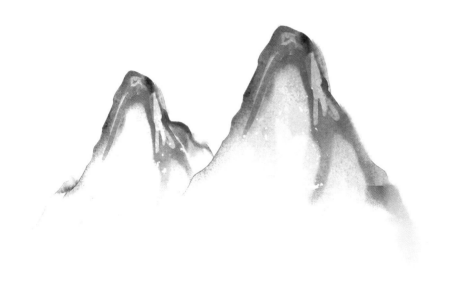

一、成都道和拉萨道

都红说从她记事起，就记得工作日和妈妈一起住姥爷家拉萨道的胡同平房里，周末会回到成都道的鹏程里的楼房去住。因为爸爸周末回家。我一直认为成都道和我家有着极深的缘分，都有一个"都"字。

姥姥姥爷家的平房分别在两个相对门的院子里。姥姥姥爷住左边，我和妈妈住右边的一间。我们的院子里有两三家，有的家房子大些，有的小点。我家的房子属于偏小的。除了床之外，只记得有一台老式收音机（天津话称之为话匣子），用旋钮调频道那种。1976年大地震时，正是这个老话匣子的旋钮挡住了被震塌的房顶救了老妈、老弟和我！这是后话。

幸福的一家人

每当我妈用她那辆超级笨拙的28式女车带着我回成都道，我都高兴得不得了。除了马上要见到爸爸之外，胡同小朋友艳羡的目光都让我不自觉地生出莫名的自信和骄傲来。成都道的房子是老爸单位分的房子。坐落在鹏程里一座二层联排洋楼里。洋楼里至少住了四家人，一楼整个一层住的是华家，有客厅、厨房和厕所。二楼住了三家人，我家在最里面。对面门挨门地住了另外两家。

　　我家是个房型细长条的房子，房顶挑高很高，讲话会有回音。墙壁刷成天蓝色，天花板是白色的，我很喜欢。记忆中每次老爸回家，我都会缠着他要他跟我玩。大多数时间他都会满足我，可有一次，我缠着不让他看报纸，他却伸手打了我一下。他基本没有打过我，这是仅有的记忆。我大哭大闹，直到哭累了为止。忘记他是否劝我来着。记得那段时间他的情绪不佳。那个时候老爸可帅了。他单位是半军事化管理所以他要着军装、戴军帽，还有红五星和红色的肩章。那个时候的老爸是非常英俊潇洒的。他和老妈给我展示过他们保存的很多毛主席的像章，各式各样的。老妈把他们仔细地别在一条毛巾上收藏起来。记得家里有个大写字台，上面摆着白色瓷毛主席的半身像，非常精致。还有一个软软的大耳朵上面标满了穴位名称。可见老爸很早以前就对中医穴位、经络等很感兴趣。记得老爸做过指导员什么的，要住在学院宿舍里管理学生。周末回来也会有学生同事过来串门。有个大胡子的胡大大经常来，脸上有些小麻子。那时老爸会带一些乐器回家，像是手风琴、笛子还有手鼓。每当这时候我就非常兴奋地玩，央求老爸把乐器留在家里久一些。老爸很少网开一面，我从来没有得逞过。

　　听老妈讲，老爸单位曾经分给我们在大理道的另外一间房，老妈自愿换到了成都道这边，因为那边人少，老妈一个人带着我会害怕。每当提起这件事，老爸都会开玩笑地说换到成都道我们有点吃亏。不管如何，我是很喜欢成都道和附近的五大道街区。

周末的时候，爸妈会带我出去走走，最常去的是成都道和河南路交叉口的一个小型街心公园。里面有大象形状的滑梯还有小火车和其他小朋友喜欢的设施。附近还有黄家花园商业街，印象深刻的只有那家卖红豆粥的店铺。记得老妈推车带我去吃早餐。他家的红豆粥是记忆里最难忘的味道！

鹏程里对面是成都道小学，小时候出去玩找不到家就会先找这个小学。出门走不了多久就是曙光影院。记忆中我们全家是一起去那里看电影来着。后来弟弟出生再加上1976年7月28日的唐山大地震，我们基本上就没有再住鹏程里的老房子了。在天津大学的地震棚临建住了几年，在我小学三年级左右，我家搬到了河北区的光复道民航大院。最初是住在1号楼的三楼，一间半的单元房。人最多的时候住着：我家四口人，还有我姥爷、舅舅和舅妈，也许还有我表妹（忘记了她是不是出生在这里）。后来我的姥爷和舅舅一家，在他们的被地震破坏的房子重新建好后搬了出去。再后来爷爷就来天津治病了。他患的是鼻腔癌，爸爸的朋友帮忙安排他在天津的肿瘤医院就诊。爷爷是个沉默寡言的人，或许是因为病痛的原因他很少笑。他个子很高，却总是佝偻着腰。天天要敷药，我记得爷爷身上总是带着淡淡的中药味。爷爷过世后，爸爸送他回临江老家。回来的时候胡子老长，还带回了很多木板。这些木板跟着我们搬了一次又一次的家，还有一些静静地躺在蛇口道父母的床下。也许这是老爸从东北老家带回来的记忆。

二、双职工家庭

在别人看来，都业富和赵景英的两个孩子都有成就，是教育成功的典范。但在孩子们眼中，童年缺失的陪伴，是人生不小的遗憾。

都军在陪儿子玩的时候，孩子告诉他，幼儿园老师说不能让小孩四岁自己玩，五岁才可以。他想起自己的童年，能跟他玩的只有两个地方。第一个是门口跟小孩玩，室外，啥都玩。第二个是到家里，没人陪玩，只能一个人。因为姐姐都红已经上学，家里就剩他一人。

都红比都军大六岁，所以都军出生时，都红已经在读小学一年级。等他三岁懂事了，需要有人陪玩的时候，姐姐上三年级了，学习压力开始大了，没更多时间陪他玩儿了。

那时候，姥姥姥爷年纪大了，在都军小学一年级的时候就都去世了。奶奶走的时候都业富才四岁，爷爷一辈子伐木也没怎么来住过。

在当时，都业富这样的家庭叫双职工家庭，比那种夫妻两人一个在城里、一个在农村两地分居当然要好得多，但对孩子来说，在家就是自己玩，因为母亲下班回家后要做饭，也很辛苦。

一个家庭不断成长的照片记录

从头到尾，家长又得管做饭，又得管吃饭，又得管收拾屋子，又得忙自己的事业，所以就没人有精力陪他玩。

实在没人陪，也没有什么玩具，都军唯一能干的是，用零花钱买小人书。没钱了就自个儿玩围棋，但不是自己下棋，而是看黑和白两边打架，假设一个黑棋子就是一个士兵，白棋子是另一派的士兵，天天在家里搞这个。以至于现在回忆起来，父亲、母亲、姐姐，也许他们都陪过他，但是没有形成太多记忆。他回忆了儿时在光复道1号楼三楼生活的几个细节，一个是在某个周末的下午，都军午睡醒来，发现爸爸妈妈和姐姐都不在身边，就一直哭，直到妈妈回来；一个是三年级的时候，都军看到同学拿了一个"华容道"玩具，中午回家吃饭就喊"我要华容道"，午睡边哭边喊，第二天妈妈给买回来了才罢休；还有一个是北方冬天天黑得比较早，下午5点多天就黑了，都军不得不回家，但是有一次他回家后爸爸妈妈姐姐都还没回来，他害怕，就把家里的灯全打开给自己壮胆，一听到门口有人声，就跑去看猫眼看谁来了，一直期盼着家里人快回来。

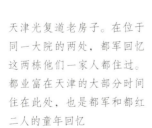

天津光复道老房子。在位于同一大院的两处，都军回忆这两栋他们一家人都住过。都业富在天津的大部分时间住在此处，也是都军和都红二人的童年回忆

所以，只要儿子都泽鑫提出要爸爸陪玩，都军基本答应，有时连妻子也不太能理解。其实，都军正是因为自己的童年比较孤独，他就想给孩子一个他小时候没有体验到的经历，尝试着去补偿自己人生的遗憾，让孩子有丰满的童年，让自己成为孩子最好的朋友。

当然，儿时的都军一天中也有最温馨的时刻。爸爸每天早上6点半乘班车去靠近机场的中国民航学院上班，晚上6点半回来。一起玩的小伙伴情况与他差不多，等班车的时候大家在楼底扔石头子，玩逮人，互相在门口瞎跑瞎闹，捉迷藏。等到班车来了，大家一起排成一队，站在班车前接爸爸。那是这一天中都军和邻居孩子最快乐的时候，因为爸爸要回来了。

爸爸会不会带什么好吃的回来？会不会带回来什么好玩儿或没见过的东西？住一楼的小孩拉手去一楼，住二楼拉手去二楼。都军帮父亲拎着包，手拉手回来，住三楼去三楼，"很开心，就是那种感觉"。每天充满憧憬，每天都会翻爸爸的包儿找惊喜。

为什么？因为这是一种特殊的团圆的感觉、相聚的感觉。回了家能干啥？干不了啥。他忙他的，要么帮做饭，要么去写东西了，继续做研究。都军也就忙他自己的黑白子去了。

有一天放学回来，都军发现父亲趴在床上看书，胸口下垫了个大枕头，他问父亲干啥，都业富说，这是"趴功"。都军和爸爸开玩笑，在床尾用小手挠爸爸脚心，爸爸下意识地踢了一脚，正踢到都军的鼻子，一下子哭了，爸爸赶紧下来安慰一番，然后又练"趴功"去了。

三、给儿子买小人书

　　都业富夫妇没太多时间陪孩子，那就给他买书。但那时候也没什么钱，要安慰吵闹的都军，让他表现好一点，开始是买《小朋友》，买都军喜欢的天文、地理、历史方面的绘本读物，后来只消每星期带到新华书店买小人书就可以，都军就从小学一年级开始喜欢甚至期待上了《三国演义》，因为它是由60本小人书组成的连环画，是一个连续性的故事，尽管每本内容不一样，但主人公一直是那些人。

　　每次只买一两本，赵景英觉得这样做比较实惠，就放手让他挑。一开始都军挑《铁道游击队》之类，后来就专挑《三国演义》，每次一两本。

　　那时候大家基本没钱买得起全套，所以新华书店也都是拆散了卖，你今天可能碰到的是已经有的，有些缺失的又没有卖的。这过程就有点像拆盲盒，所以都军特别喜欢去新华书店，就想这个周末这个店有没有家里没有的《三国》。

　　结果，一直到他上中学也没凑齐，只凑了27本。

　　四大名著都军看《三国演义》的次数最多，其次是《西游记》和《水浒传》，但直到现在也还没看《红楼梦》。一个男孩子，不喜欢看那些情情爱爱的，就喜欢看打打杀杀的。《三国演义》从头打到尾，所以是最爱。《水浒传》经常打，然后是《西游记》，那时候的电影可以配套一下。

他也爱看《说岳全传》，所有的岳家军故事一讲到岳飞在风波亭被以"莫须有"的罪行杀了，就句号了，然后就是大江东流水……

但《说岳全传》后边加了一段小人儿书中都没有的"岳雷扫北"，把金国噼里啪啦打一顿。虽然是虚构的，但看得过瘾，不会让人觉得泄气。

这给都军建立了一个概念：书的内容比电视好。电视老是展示一半，书能够展示全景。

上中学以后，他也读了《三国演义》原著。为什么会有这种冲动？因为他一直看的是故事片段，从来没有把空格填满过。

人说少不看水浒、老不看三国，都军觉得《三国演义》自始至终对他人生影响很大，怎么做人怎么做事，很多都是从这部书里学的。

最有印象的是吕布，其次是对关羽、曹操、诸葛亮印象比较深。为什么是吕布？他再厉害，但是不忠诚，这让都军明白，人生中最厉害的人不只是能力强，更重要的是这人靠不靠谱！

都军很多东西都是从《三国演义》里学会的，包括关羽太过重情义，而忽视了对底线的把握，把曹操在华容道给放走了。只是因为曹操也好，张辽也好，低头说了两句软话，结果走吧，一挥手，对手落荒而逃，又改变了中国，就是到手的鸭子飞了。尽管有本事，但如果太重感情，成不了大事。所以技术能力的本事不是真本事。

都军说，什么样的叫好的企业家？在公司内部对待事情，对每一单生意该冷酷严格就要冷酷严格的才能做企业，心软的老好人做不了企业家，但同时不能给团队分钱的老板也不是好老板。

很多同事曾经吐槽都军太严格，但是不严格能做好企业？你要想做好企业、成就一件事，就必须得罪一批人。从来没有当老好人还能成就大事的，从来不存在这种可能性。都军对客户、对员工的生活还是有温度的，团队气氛也必须有温度。

四、慈父慈母育儿女

　　都军觉得自己小时候没人陪玩，都红更可怜。她一岁多的时候，都业富正被下放在江西"五七"干校，或者在四川工作，她和母亲在天津外婆家，母亲抱着她去探亲，她只知道爸爸在南方。更多的时候，她只知道父亲在照片里。

　　哪怕在天津团圆后，都业富经常晚上加班到很晚才回家，所以都红觉得他就是独生女。因为父亲周围没什么亲人，没见过面的亲戚朋友都在遥远的东北老林里。

　　父女在一起，那应该是都业富与女儿难得的美好时光。都红印象最深的是，父亲每次回家，不光给亲戚朋友带礼物，给她的礼物总是与众不同的。

　　这种独特性，未必有多贵重，但一定是周围的小朋友没有的。女儿都红记得，在她六岁之前老爸都在外地工作，和老妈两地分居。记忆最深的是老爸有次从上海出差回来，给她买了一件粉红色的连衣裙和一双漂亮的皮鞋，当时在胡同和幼儿园都引起轰动。老爸每次回来，会给亲朋好友带礼物，给家人带可乐、口香糖之类的新鲜东西。在物资匮乏的年代，这些都让都红、都军姐弟俩感觉自己与众不同。"物质生活上我们应该是中等偏上，但父母在精神上给了我们很多无形的财富。自尊，自信，独立，不趋炎附势。"

现在的小朋友无法理解，但那时大家都没见过可乐、口香糖。都红觉得，这养成了她和弟弟精神层次的自我满足。

在物质上，可能家长能给的有限。都红一直想要布娃娃，但从来没得到过。

但都红崇拜她的父亲。印象中，都业富挺内敛，但非常聪明，自学能力很强，什么东西一看就懂。因为他除了极致的业务追求，在生活上非常随性，简单到几乎没有标准，"我妈妈给他做什么他就吃什么"。

可能男人都差不多，都红给父亲买过二十多双新鞋，他都没有穿过。为了带他出去玩买的老年人专用的舒服轻便的旅游鞋，也都不穿。对都业富来说，它就一双鞋，现在穿的这双鞋挺好的，就不想换。

有一双鞋他经常穿，是都军买的，都红觉得可能是弟弟在父亲心目中地位更高一些。她买了那么多鞋，只当着她的面穿一穿，出去玩还是穿都军买的。

都业富生前，子女每次跟保姆通电话，都被"告状"说，老爷子每天穿着破背心，可能没有衣服穿。都红让保姆打开衣柜看，里边全是崭新的一打，一次也没穿过，"他就维持着一个非常低的生活标准"。

女儿眼中的父亲，是个慈父，对于父亲的学术成就，都红觉得，老爸对仕途不看重，他有机会做系主任但推掉了。相对于仕途，他更倾心于学术。他刻苦，追求极致，喜欢挑战和新鲜事物。其他没有来得及谈。

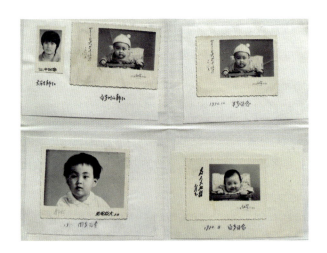

赵景英整理的都红的成长照

赵景英整理的都红的成长照

五、10元"赔"条命

都泽鑫上幼儿园的三年几乎天天要都军陪打架，都军说，他这辈子就打过三次架。

第一次是小学三年级时，光复道壹号家属大院拆迁老楼（这座老楼位于现在的意奥风情区，解放战争时期据说是一个国民党部队的师部，解放后被空军接管，后来成了民航学院家属宿舍楼），到处都是瓦砾废墟，小朋友们在那儿扔石头。这玩法很危险，大家开始扔小石头，逐渐升级为稍大的石头，而且越扔越大了，结果就出事了：比都军高一年级的小朋友，躲在一处废墟后边，扔不着，都军正好学了抛物线运动，抄起个石头高高扔起，不偏不正，石头落，哭声出，只见废墟后面有人哭着出来了。

完了，砸人了！旁边的小孩说："你看看他，砸流血了！"

都军吓着了，赶紧把这小孩扶到三楼的家里，用厨房水龙头冲。看洗得差不多了："行，你快出去吧。"

那小孩走了，都军的内心特别忐忑，也不知道后面会发生什么，也怕那小孩死了。

他不敢打听，就偷偷听天津广播、看广播报，看人死了会不会登上新闻，还计算了赔偿金额10元。

因为那时一根冰棍两分钱，一瓶醋才七分钱，全家一个月工资四五十元。在小学三年级的学生看来，10元钱就是巨款！

他把这事偷偷写在报纸广告上，吃饭的时候被母亲看出来"你干吗今天心神不宁的"，他说没有。母亲想看他写了什么，他说什么也没有。

都军把广告撕下来捏在手心里，不给看，不想让母亲知道。

后来，其实赵景英也知道了这事，但估计小朋友也不严重，家里也没闹，这事就过去了。估计都业富向受伤小孩家长赔礼道歉了，毕竟他们都是民航学院的同事。

赵景英整理的都军成长照

六、高考前父子对白

都军记忆中与父亲最重要的一次对话，发生在1994年7月6日晚上。

因为7月7日高考。

都业富说"明天就要高考了，我带你去解放桥广场放松一下心情吧"，父子两人下楼散步，从光复道一直走到海河边的解放桥广场，旁边就是天津东站前面的大广场。从家到海河边大概1000米，回来1000米，在河边聊了大概30分钟，时间虽短，聊出了父子灵魂之间的对话。

老爸"讲话"的核心要点是，不要有压力，考不好可以再来；你会多少，写多少就可以了，而不是说你要努力把平时不会的创造出来，你是咱家族的希望、必须为祖宗争光。

之所以印象这么深，是因为都业富除了科研就是做课题，很少跟儿子有这么直接地面对面交流，也很少跟儿子、家人讨论人生。

高考出发前，妈妈给了儿子一个秘诀：考试前喝一管藿香正气水。

因为两天半的高考，正是在大热天，在家和考场之间全靠骑自行车往返，最怕中暑！

那时考试前流行补脑黄金，但是咱家没有，也不信。这也是都军人生中第一次喝藿香正气水，辣、带酒精味，连续喝了三天，然后奇迹就出现了：我感觉发挥得挺好。

都军的高中学校第二十中学在天津市排名中等偏上，全班35人，全年级有4个班，每一次模拟考都发榜，考试成绩位于年级前30名的就排在第一列，都军基本每次都在第三、四列游荡，偶尔进个第二列的尾部。

但是高考的时候，他没有出现模拟考试时数学、物理、化学大题不会做的情况，而是几乎把所有题都写完了。

高考一发榜，都军考了全班第四名，也是他有史以来第一次进年级排名第一列！

这是高中以来从来没有过的奇迹，只能说高考超常了这么一次，唯一的一次，他总结。尽管父母高中三年没有辅导过他学习，但是高考前一晚的灵魂对话和考前的一瓶藿香正气水，比爸妈天天教导影响还要大。

平时的成绩，都军本就不如姐姐都红。天津的学校最厉害的就是南大、天大、财院，然后是理工学院和轻工学院，都军觉得能考上理工学院就谢天谢地拜佛了，还曾担心考不上大学。

突然间，这成绩可以选一个重点大学的本科，报上了财院统计系。"要不然我这成绩也就……所以奇迹总是发生在偶尔这么个瞬间。"

都军说，在孩子的成长过程中，父亲在什么时候影响最大？

"我更觉得在最关键的时候出现，而不是天天出现。"

都军的求学之路上有很重要的几个节点，第一个节点小学升初中，母亲推荐了和平区重点初中的入围考试资格，他自己考了120.5分，自己抓住机会踩住了线，上了陌生而神秘的二十中，一上就是六年。第二个就是高考，成功考进平时不敢想的天津财经学院，2023年6月，当时已经更名为天津财经大学的母校邀请都军作为毕业校友给即将毕业的应届大学生分享人生经历时，都军已经成为一个被财大认定为值得学习和尊重的优秀企业家、毕业生代表了。尽管只比录取分数线高了0.5分，奇迹创造奇迹。

女儿举家迁加国

1992年，都红从天津理工学院计算机专业毕业时，赵景英离退休还有六年，工作上正是如日中天的时候。她有同学在天津市国家安全局，所以就直接去了那里的信息处。

都红的丈夫是大学同学，毕业后在外企工作，挣得多，从外面获得的信息也多，尤其在20世纪90年代末，都红两年后辞职出来，准备与丈夫移民。

既然已经决定，移民又是大事，所以那时都红夫妇就将移民当作头等大事，连生孩子都等一等。

但是原单位对移民有要求，你必须信息脱敏三年以上才可以。

赵景英便给女儿安排了河西区外经贸委的工作，可以顺理成章出国，且辞职后无须解密。都红在工作上的安排，妈妈在职的时候还是很用心的，都是按照女儿的想法替她安排好可以实现的路径，而且给了孩子自主选择权，没有说"我反对你移民"，也没说"我因此不管你这事儿"。

直到2000年，都红第一次到加拿大——从大学毕业到真正去了加拿大，用了八年时间。

都红移民后，都军画了个时间轴：人生最幸福的时间到底有多长？

从父亲哪年出生、母亲哪年出生、姐姐和自己哪年出生，到人生轨迹什么时候有交集。最后的结论是，一家四口人生活在一起的时间只有18年。

这18年可能是都军人生中的最幸福的一段吧。相信也是全家每一个人一生中最幸福的阶段，遗憾的是这种幸福停止在了2018年妈妈去世。

七、相濡以沫一生情

"我工资一直比你高！"这可能是赵景英在长达50年的婚姻里，一直和老公开的玩笑。

赵景英大学本科毕业，先做教师，后来转岗到行政单位。都军记得，他们两人一直在PK，一个在军队体系，一个在政府体系，谁挣得多，说明事业好、个人发展快。赵景英曾"埋汰"老公说，她是本科毕业的，每月51.5元，都业富是专科毕业的，每月只有49.5元。

但在子女看来，这其实是都业富的另一种"补偿"。因为他觉得自己对家的贡献不够大，主要是妻子在操持，所以，他表现得弱势一点，也是态度正确。

"我母亲想要尝试建立在家里的主导权，就通过这个事不断地去敲打我爸。这种PK，缘于两人都是知识分子，总得要像体育比赛一样，两口子不能打架，咱回家比收入吧。"都军说，家庭的财权，谁做饭谁管钱，自然是母亲一直主导。

赵景英毕业于天津师范大学化工专业，但因为做中学老师时业务比较出众，所以被调到和平区教育局去做人事工作。

从上小学开始，都红都是自己到食堂打饭。到了中学，也是去母亲单位吃中饭。母亲有时开会，或是去其他地方没有回来，她就跟着其他阿姨叔叔拿饭盒去食堂打饭，给自己打一份，给母亲打一份。现在回想起来，父母给她提供的物质条件，只能说是在平均水平往上靠一点点，但是精神方面的财富还是蛮多的。

也难怪赵景英在家里谈工资，她在人事科就负责劳资工作，得计算工资。她强到什么程度？手算能力比电算能力还强！

那时还是计划经济，每次涨工资都是政府出一个政策之后，就让人事科、劳资科的各个部门去算。教育局人事科管着50所学校，那么多老师的工资全部得手算出来，没有出过任何错误。

不像现在，10块8块都不是事儿，在以前，差一两块钱就会有人跟你玩命！

在子女看来，父母家教非常严，都是特别严谨、勇于担当、认真工作的社会标杆。

八、人后遭嫉到点退休

赵景英可能是个极要强的人，心理也很强大。都军小时候最怕的是母亲在邻居和同事面前讲他的笑话，且一讲就是10年！别人都是讲自家孩子的好，就赵景英是开玩笑孩子的糗事，搞得他很尴尬。

有次幼儿园比赛跑步，都军得了第一名，回家很兴奋地和妈妈说："妈妈我得第一名了。"赵景英就问你前面有人吗、后边有人吗，都军说后面没人了。

赵景英就把这个事儿逮谁跟谁说，让都军很抓狂："我就是跑的第一名，只不过她抓住了小朋友反应慢的特点。非要问我后面有没有人，我不小心说错了，她和我开了一辈子的玩笑，但我真的是第一名。"

但赵景英为了跟他开玩笑，总是问他的前面没有人还是后面没有人，还是孩子的时候觉得妈妈老拿自己开"找乐儿"，不开心。都军当时不希望妈妈这样，但他现在多期盼妈妈再开一次这样的玩笑，再听一次妈妈的声音。

要强了一辈子，退休的时候，对赵景英来说有点突然。因为处级干部是55岁退休，她到点就退了。

退休前，她是人事局局长，是位置重要的局级干部，她干了近10年，本来有机会提拔到副区长，这样可以工作到60岁。

但赵景英刀子嘴豆腐心，有的时候过于坚持，就有人提反对意见，说她太直、嘴下不容人，不利于团结稳定。

也是，有些请托事项，她会说，不行，强调流程。到正式退休时，她遗憾中带着委婉和家人说："自己没想到55岁会退休，本来很有信心也有计划干到60岁的。自己人生很大的一个目标没有实现。究其原因是有时我过于讲原则挡了人家的路，不了解、不懂政治，以为一切越简单越好，但事实不是这样。"

都军觉得，他继承了母亲的要强和父亲的包容。但学了要会用，否则把要强搁在家里、把包容搁在公司，全完蛋了。

都军还回忆，妈妈非常要强，凡是自己能做的那就一定自己来，能不求人就一定不求人。因此落了个不欠别人人情的心安，但是与别人的相互交流和沟通不足，没有践行儒家文化的礼尚往来，现代用语叫"乒乓球外交"。麻烦别人不是坏事，因为麻烦别人尽管欠了别人的情，这也让别人有理由来找我们，才有机会实现互动和往来，才有机会建立更多的关系和圈子，才有机会实现相互成就。

都业富和赵景英退休后照的"结婚照"

都业富陪刚退休的赵景英去新疆旅游

—第六章—

天下没有不散的筵席，也没有不散的家

一、日日相伴三百天

2017年8月13日上午，都军早上在开会期间接到了四个来自天津大姐孙丽萍的未接电话，大姐说母亲赵景英凌晨5时在洗手间晕倒不省人事，正送医院抢救。

此时，距离都军给都泽鑫办百日宴的日期9月6日很近了。而这个庆典，本来是赵景英答应出席的，同时也想把朋友亲戚接来深圳，举行一场家庭聚会。

赵景英退休后，参加了老年大学的活动，后来心脏不好，不想动。但她经不住都军他们再三劝说，终于答应老两口双双出席。

一听母亲摔倒，都军马上赶飞机到天津。经过一个月在ICU的抢救和病床护理，住院到次年1月份时基本上可以出院回家过春节了。那个时候全家讨论得更多的是出院后住哪个疗养院比较好的问题。

结果出院前一天一查，又查出了病毒感染，从那天开始就一发不可收，一直到6月12日最终离世。

整个治疗过程，是一个大"A"字形的趋势，从一开始风险很高，昏迷一个月后终于醒了，但是坐不起来也说不了话；后来状态慢慢恢复。到了春节前一个星期，都业富还在外边找好了疗养院，准备出院后住进去。结果检查又有一个不合格，此后再也没好过。

5月份时，大夫提醒都军，所有能用的消炎药、治疗组合都用上了，但是状态越来越差，子女要随时做好准备，可能就是几天的事。都军就在这个时候和邢莉一起带着都馨仪及不到一岁的都泽鑫到奶奶身边，让奶奶面对面近距离看一眼大晟。

2018年6月12日上午，都军正在往广东佛山出差路上接到医生电话"不行赶快回来"，他立刻买了机票。下午3时，在赶往深圳机场的路上又接到电话，人已经走了。

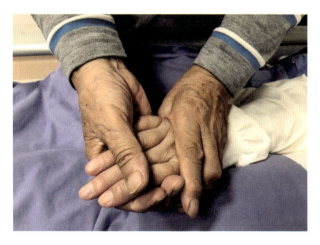

赵景英住院期间，都业富和赵景英的手紧紧相握

在这10个月里，赵景英的状态并不好，但在都军去探望的时候，看得出来她是开心的，但也只能动动手指头、动一下脚，但抬不起腿、举不起胳膊、说不了话，实际上全瘫。

1998年她姐姐也就是大姨生病时，差不多也是这个状况。都军参加工作领了第一个月工资时去看大姨，孝敬躺在自家床板上的大姨200元红包，说："大姨你看我上班了，我给你带来200块钱生活费，买些好吃的好吗？"但病人也是躺在床上说不了话，也动不了，都军记得大姨的眼泪顺着双颊流下来。

　　是的，她能听到、感受到、想到，但就是没法表达出来。

　　所以，都军觉得母亲可能也是意识清楚，经历着与大姨同样的痛苦。

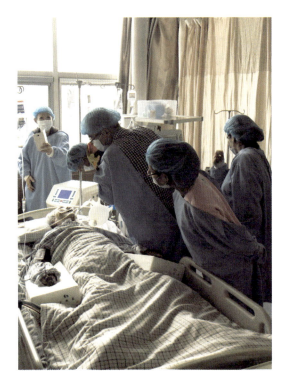

奶奶赵景英在病危期间终于看到了不到一岁的都泽鑫（大晟）

而在都军父母结婚时，赵景英的母亲也已经半瘫在床了。都军认为这是家族遗传病，不排除在自己身上也有类似风险，从2017年母亲生病后，每年在给自己做检查的时候就特别关注脑血管核磁共振，看是否出现狭窄，并保持身体血脂的低水平。他认为，父母祖先就是自己天生最好的教育，有些关键内容无法用文字和语言去表达和感悟，但一定会通过其他方式做出启示，要努力发现这些"天启"，遭遇相同的挫折，这是后话不提了。

　　老妈过世的第二天晚上，都红也从加拿大赶回了天津。一进屋就和老爸、弟弟相拥而泣。只记得老爸喃喃地说我们家就剩下我们三个了。在给老妈守夜时，他几次提到我们一家以后要葬在一起。老妈的墓地选好后，他把老伴生前用的眼镜和骨灰一起埋到墓里，他了解老伴一定会需要的。

　　此前，老妈患病刚刚住进环湖医院的时候，都红陪着老爸住在医院对面的居民楼里。每天早上会在探视时间一起溜达到ICU的楼层，通过探视窗口在护士的帮助下和老妈聊天，鼓励她坚定信心，战胜病魔。都红说："我们把想说的话录下来，请护士放给老妈听，给她加油鼓气。透过窗口了解老妈的病情和治疗方案。说实话，这个过程对患者和家属真的都是煎熬。尤其是在是否气切的问题上，我们都很纠结。医生建议气切说这样有利治疗。我们都担心气切会影响老妈以后的生活，尤其老爸担心老妈过后会埋怨他。最后我们不得不同意医生的建议，希望老妈不会埋怨我们。"

　　都红记得，老爸很少进医院，也非常不喜欢医院的氛围。但为了老妈他每天去几次，医院的医生、护士都熟悉他，医院的查询机器他用得非常熟练，老妈的医保号码他记得倍儿清楚。都红很可惜自己只陪着老爸照料了三周，他坚守了10个月300天，每一天不离不弃。后期都军托人帮忙把老妈转到天津中医一附院治疗。爸爸也是在医院附近租了房子，就近照顾她。老妈住在普通病房时期，是老爸心情较好的阶段。大家都认为治疗效果很好，老妈应该很快就康复了。

二、最后的补偿

都业富和赵景英于1969年结婚，到2018年赵景英病逝，前后正好50年婚姻。在子女眼中，前49年都是女方照顾男方。在尽头的10个月里，是男方照顾女方。

赵景英患病后，都业富在医院旁边租了个房子陪护。但毕竟是79岁的老人了，全部由他负责照顾是不可能的，也招了个护工。他每天跑两趟医院，上午一次，下午一次。

他说这辈子都是妻子照顾他，包括吃喝拉撒，他唯一要做的，就是服从、认可家里的主导地位是妻子的，然后每天搞科研。

曾经过年偶尔做一个菜的都业富，现在每天做饭送到医院，坐下来给妻子讲讲故事、陪聊天，"这10个月是我人生第一次从头到尾照顾她"。

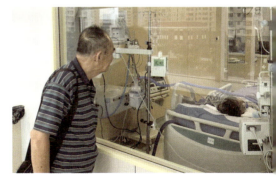

赵景英在ICU封闭隔离昏迷的一个月里，都业富每天来看老伴

赵景英从昏迷中醒来后，都军到床前给妈妈一个吻，希望她尽快好起来

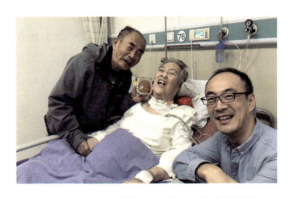

2017年中秋节全家在医院里团圆

　　都军说，这就是人生的一个逆转，人生就是这样混的，不管开始怎么样，最后还是一定要还的。老妈照顾老爸49年，作为人生的承诺和回报，老爸一个人全心全意、全程全天照顾了10个月300天无怨无悔，每天给妻子揉脚按脚、按摩捶背，做流食饭。

　　也的确，这10个月里，他自己的研究工作，什么都没做，顶多看看书。

　　2018年6月12日，赵景英离开了人世，都军怕父亲走不出来，等仪式办完、安葬到公墓以后，立刻安排姐姐陪父亲去云南休息几天。不管洱海还是哪里，周边玩个遍，以分散他的注意力、换个心情。

询问都业富的意见，他说挺好，喜欢云南，也乐意常来。以后每年都军都安排都业富暑假的时候去云南抚仙湖住一个月，飞机头等舱，全程司机接送。

都业富 2020 年在云南抚仙湖度假

都业富将这段经历写在自传里。7月16日，乘国航航班到昆明，抚仙湖万科项目总经理胡炜接上，安排到希尔顿酒店467房间。

晚上都军到达后，后面搬到都军自己的房子泓园居住，从此就住在这儿了。他住此地生活有规律，早晨7点半左右起床、吃药，从小镇买包子、红薯、芋头等自己做早饭。餐后休息一会儿，10时左右出去，沿着住处公路从一头到出入口走两个来回。11时20分左右到公路旁的小亭子里听岳奇峰讲"师承有道"。12

时回去睡午觉，下午2时左右起来到外面沿公路走两圈，每一圈约1850步，然后做晚饭。晚上7时看中央四台电视，晚上9时休息。每隔2~3天乘院内公交车去趟小镇。

此地是养老养生的好地方，温度适宜，最高27℃，最低16℃。但是阴雨天多，一天多变，忽然下小雨，忽然多云，有时晴天。晚上经常晴天，抬头可以看到比天津多得多的亮闪闪的星星，空气天天优、水质优。这里比较安静，人少，缺点是没有医疗设备与医院。

周末的时候，都军也到云南陪一下，一块见个面、拍个照。

8月19日，都业富结束休假，回到天津家里。

次年暑假，他又去云南休闲了一段时间。

9月份时，都军到天津看望父亲，知道父亲喜欢揉揉脚，揉完以后就挺好，便给他留了一张家门口足疗店的按摩卡，充了3000元钱，每按摩一次大概58元。他交代父亲，每个星期去一次。"我不能天天来陪你，但是你到楼下揉脚找点事干吧，我就通过这种方式陪伴你。"

2019年，都业富80岁生日，住在深圳中州万豪酒店。

都军要给父亲一个有特色的、保佑他的礼物。正好，他年前去拜访万科高层的时候，见他们家门上有一个字"顺"，据说会保佑平安，便决定送父亲一个"顺"字。

他要专门找深圳最有名的寺院弘法寺方丈印顺题写，花了10万元写了这个字。

都业富 80 岁生日的时候，一家三代人在顺字前合影

　　不管云南多好、深圳多棒，但都业富一直生活在天津离不开，他性格独立，必须给他一个能够匹配他性格的空间和场景。如果在深圳儿子身边，干扰了他的独立生活，那他也不住。

2019 年日本东京拍的都家
三代人合影

三、乐观主义贯穿人生

都军记得很清楚，父亲2004年有天晚上跑步回来，第二天就面瘫了一半。都业富戴着口罩找中医做针灸按摩，将近20年前的事儿，直到他离世，也只恢复了60%~70%的样子。

但都业富从不在意，依然执着于事业，一直不改乐观。

同在2004年，第二次打击降临，都业富得了脑瘤，这对他来说是人生的一大挑战。虽然是良性，但是在最好的医院环湖医院做手术的时候，尽管找了最好的医生，也只切掉了98%。因为脑瘤长在脑干附近，不管大夫多么努力，还有2%是切不掉的。硬切，就会直接对生命产生影响。

但都业富也从来没当回事，依然带着乐观的精神和认真的态度工作、生活。

都军觉得，人生真是这样，尽管父亲经历过两次这么大的挑战，但始终保持乐观。

都业富生前跟儿子讲过很多，比如一辈子没做过饭，都是妻子赵景英在做，他只是在过年的时候偶尔给大家露一手，炖个牛肉、炖个排骨。

对都业富来说，学院、科研是他更重要的生命，家人只是生命中的调味品。

　　2018年妻子去世后，他就一个人在天津生活。都军努力很多次，想把他接到深圳去养老，但都业富都选择了拒绝：对他来说，事业依然比家庭更重要。

　　都军的内疚在于，最后这几年没有照顾好父亲，导致他身体的抵抗力下降，最后没有挺过心衰，留下了莫大的遗憾。

四、惜负外孙女

2019年冬天，都红带女儿去看望父亲，并一起到桂林旅游。这次，她觉得老人的精神状况和身体状况不如前。

而在2018年底的寒假和2019年中的暑假，大家一起去三亚旅游时，都业富的气色超级好，肌肉很强壮，走路比女儿还快。外孙女感慨说，"看姥爷的身体简直太好了"。

因为他很喜欢锻炼身体，是个饮食上、锻炼上非常自律的人，不抽烟不喝酒，每天都得花费最少半个小时到一个小时的时间做八段锦。还给都军全程录了一段自己如何练气功、如何呼吸。

在加拿大探亲时，都红所在的位置类似于一个岛，都业富经常沿岸边环岛徒步一周，连都红都从来没有走完整过。

有时候，都红将父亲领到一个地方，下车，七八个小时后，太阳落山，都业富正好能走回家。这么长的路程，一般年轻人都走不下来，但都业富可以，身体素质非常好。

这可能也是因为他在航校工作，是按照空军的节奏在训练。

都业富说，他自己长得特别像他奶奶，就是那个男人都躲起来、一个人拿刀把土匪吓走的那个老太太。

但都业富也像他自己的父亲，什么事情都不愿意麻烦别人，自己扛着，什么都不说，哪怕给他安排好了，他也不愿意去麻烦。哪怕别人做了对不起他的事，他也从心里给别人找些好，原谅别人。

在生命的最后关头，他没受什么折磨就平静地离开了。很多朋友说他比妻子幸福，毕竟赵景英在床上整整躺了10个月。

都红女儿郑嘉睿说，等她大学毕业了，把姥爷接过来参加她的毕业典礼。这事成了都红鼓励父亲的一个由头，每次打电话都要提起，要他保重身体坚持锻炼，外孙女两三年就要毕业了。都业富说"那好，我给宝宝准备一个好礼物，等她毕业的时候送给她"。

结果，还没等到外孙女大学毕业，都业富惜别了这个世界。

五、最享福的时光太短暂

妻子去世后，大家都很关注都业富的状况。都业华记得，两人隔三岔五就通个电话，十天半月的，都超不过一个月。她觉得，都业富在家挺寂寞的，喜欢与老大哥聊一会儿，唠唠嗑。

2020年时，他身体还好，除了吃些降压药，没有其他啥事儿。但到了2021年，身体出现了一些不好的变化。

都军听朋友说南京山里边有个中医康复理疗的院落，有十几间房子，有两名中医坐诊，每天摸摸脉，吃点中药调理，加上环境特别好，可以住在那边调理身体，便觉得不错。

3月28日都军过生日，父子和家人朋友一块去了趟南京。之前每天上午，都业富要头晕一个小时，也查不出原因。到南京后，也还是晕，只是说好一点了。

因为都军不能请这么长时间假，两天后就回去了，就让中医继续陪着老人，多住一段时间。

后来一检查，说老人血糖高，赶快送到附近的南京军区陆军总医院降血糖，调整差不多了之后两周才回天津。

两三个月后，都业富又犯了糖尿病，而且突然间说话说不利索，原来一只耳朵听不见，现在两只都听不见了。

都业清在与他通电话的时候发现，说东他道西，就问都业富是不是耳朵有点背，都业富问怎么知道的，她说"因为我说东边，你说西边，听出来的"。

都业清建议他快去看看医生，否则以后多不方便。

都业富说，要不配个助听器。都军说那不是助听器的事，肯定是血管哪儿堵了，不要搞个脑梗之类的事出来，立刻安排他去医院。住院一个月，治得差不多好了，才高兴地出院。

再与都业清通话时，发现听力恢复了，问情况，都业富说住院打针几天就好了。

为了练习他的听力和表达能力，都军还提了个要求，住院的时候每天发一段短视频，内容是"今天是某月某日，我怎么样"，让大家了解他的状态，也逼着他多说两句话。"就怕他不说话，啥也不能，这样的话就越来越差。"

去世前，都业富每天自己做饭。他做得很简单，喜欢做成混合的糊糊，他认为营养最充分。比如弄点木耳磨碎了混点水吃，他认为能把所有营养都吸收了。

他一直反对请保姆，直到去世前的一段时间，都军终于说服他在10月8日出院后请个护工。

出院次日护工上班后，邻居看到，老人被护工扶着到门口转的时候老开心了，说"我现在有这个阿姨简直太好了，每天早上起来给我做好吃的炸油饼啊，帮我做新水果，帮我扫地帮我收拾屋子，还扶我下楼，我觉得人生太幸福了，终于感受到人生幸福"。

护工阿姨每天晚上6时回去，早上8时来收拾屋子、做饭、陪聊天、陪下楼逛、洗衣服。这是一段对老人来说非常幸福的时光，最大的遗憾是幸福时光太短暂了。

11月26日上午，也就是护工阿姨上班照顾老人一个半月的一天，在都军送女儿上学的路上，正开着车就接到阿姨来电说"你爸今天状态不对"。

都军问表现，阿姨说往日她来的时候，老头都坐在客厅的沙发上看电视、刷手机，衣服也穿得差不多整齐了。当天衣服也没穿好，一条裤腿在上面、一条裤腿在下面，外套也是有点乱，床上也乱糟糟的，一个人坐在沙发上仰着头，嘴还张着。

都业富一家三代在 2020 年都军生日那天的合影

因为前一天到医院复查时主任说恢复得很好，都军赶紧电话问主任，主任让量血压、量心跳，一听说心跳太快，都到每分钟148下了，让赶紧吃半片倍他乐克先把心跳降下来。

过了一阵，阿姨说还是不行，一个劲儿地大口喘气。都军立刻联系一直在天津照顾老爸的自己的好朋友赵钧。直到四小时后，有了核酸检测报告，都业富才真正住进医院急诊观察一段时间。

都军马上飞到天津，可是那会新冠疫情管控，没有核酸检测报告，都业富住了院，都军进不了医院，只能打电话，那已经是晚上12点了，简单地说了两句话，都业富说没事，"我现在挺好"。

11月27日清晨6点，大夫打电话给都军说"你赶快来吧，老人已经不行了"。等都军赶到医院时，大夫说已经抢救了半个小时，没救了，结论还是死于心衰。

前些年，老人自己把身体控制得很好，但最终还是殁于没想到的心衰。

都业清说他这个病和上辈人一样，很快喘不上气。

后来才知道，11月25日晚上都业富就感到不对劲了，但他难受和忍耐了一个晚上也没打一个电话，怕影响儿子和其他亲人休息。

都业清说："你爸爸那个人他就是要强、独立，他就不想求人，他不愿意麻烦别人。宁可自己忍一晚上，第二天再说。"

都军觉得，不给别人添麻烦是一种美德，但不是处事的最好办法。只要有事，哪怕深夜12时，也要打电话。如果打了，也许他第二天就能被救活。

父亲去世后，都军将父母合葬在公墓。随葬物品中，第一是都业富的国务院特聘专家证书；第二是放大镜，让他能看得见；第三是那本没有来得及出版的《创新》。

"让他带走，因为这些是我爸最需要的东西。"都军说，他给母亲准备了一副眼镜，因为她眼神不好；一块手表，以及一件生前经常用的东西。

比较之下，都军觉得父亲离开的方式，要比母亲平静很多。母亲的离开是痛苦，是受了10个月的罪离开的。那段时间，都军经常思考，什么是离开这个世界的最好方式。

但另一方面，都军觉得，如果老头现在还在的话，他会持续人生最美好的阶段，因为有人来照顾他。老人说了，他最美好的阶段就是这两个月。但是，就这唯一最美好的阶段，反而时间最短。

在2015年过生日的时候，都军学会了一首筷子兄弟唱的《父亲》，期望自己能像歌词唱的一样，"我把最好的都给你，愿意付出一切，只为能够让父亲多活一段时间、过得更好一些、时光慢些走"。

但还是留不住，只能收获崩溃绝望。你不努力，那属于徒伤悲、活该，但是努力过，那就是至暗时刻，有遗憾，但绝不后悔。

第 七 章

最后的话

一、关于爸爸最后的回忆

2021年10月17日，都军去天津开房地产协会的一个会议，出机场后时间还早，就先回家陪父亲聊天。

这可能是都业富在预感身体健康不佳的状况下，与儿子的最后一次谈话，两人聊了很多，还拍了合影。

都军和都业富最后一张合影（摄于 2021 年 11 月 8 日，天津市和平区蛇口道同发里 4 号楼 8 门 401）

那天，都业富突然说了个事，有点交代后事的意思："我给你点东西。"然后拿出来一本书，里面夹着六张银行卡，"这些都是我和你妈留下来的钱，都在这些银行卡里"。

然后，还把买了哪些理财、卡的密码是多少，写在一张纸上，给念叨了一遍。

这笔钱总共也没多少，包括两人的工资、退休金等，两个人一辈子的积蓄，省吃俭用存下来的。

还有两套房，一套是赵景英留下来的，一套是都业富单位分的。

"一个是体制内的干部，一个是大学教授，奋斗一辈子留下来的，交给下一代大概就是这样。"父亲走后，都军清点遗物，想起父亲生前不止一次提到关于房子的问题，但从未提过存款怎么处理，而是在最后一次见面时直接交给了他。到最后，房子和存款都没有说怎么处理。

都军自忖，父亲的第一重意思，可能感觉自己的身体状况不是特别好，他要及时处理；第二，他真的感受到在人生的最后这几年，他过得很满意；第三，他没有写遗嘱，因为那时候身体还可以，不至于写遗嘱，把它交给儿子，就是想找个人帮他处理；第四，都军觉得隐藏的含义更重要，是他也相信高EQ的儿子会处理好，不会像社会中出现的那样，子女因遗产从亲人一夜之间化为仇敌。

接到这个任务，都军也没有任何考虑，与姐姐一人一半。"老人对我们都带着仁爱之心、宽爱之心和包容之心。"

父亲去世后，都军将他的人生划分为几个阶段。前19年无助地、想尽一切办法逃离东北；第二段是离开东北到妻子生病前，一方面是独自奋斗，另一方面也是被照顾了49年；第三段是他照顾妻子、反馈妻子的10个月；第四段是从妻子去世到他人生的倒数一个月，是属于自己的。因为完全被照顾，所以他体验到了，包括他对邻居说"哎呀，我现在是觉得特别幸福"。

最后阶段，他为了不给别人添麻烦，咬牙撑着，却再也没能撑过去。

二、创业遂家愿

对于两个孩子的职业，都业富在女儿选择大学专业时就做出了决定，"总得有个人继承我的东西"，于是孩子选了计算机。

至于都军，一开始进入摩托罗拉做全球采购经理。刚入职的级别是E4，这是给本科生的最低职级，更低的是给中专毕业生的E2。

都军在十年后离开摩托罗拉的时候做到了E10——天津厂级别最高的人也就E13，E10应该是30岁出头的员工中级别最高的了。

到了职场天花板，都军该挪了，他给自己定了几个挣钱的方向，第一房地产，第二金融，第三能源。

地理方向，南下深圳试一下。

他给猎头发了简历，这三个职业方向都行。

正好万科在推行007计划，也叫海盗计划，要引入一些具有外企思维的人来丰富万科的人员结构，双方的需求正好配上。

但要对父母说这件事，颇费思量。2007年10月的一个晚上10时多，父母已经躺下要休息了，都军在门口说："我要说个事，准备从摩托罗拉辞职了，要去深圳万科，大概下个月就走。之前怕你们不同意，我已经拿到offer了。"

出乎意料，老两口没有他想象的那样从床上突然蹦起来，老太太表示支持，老头就问"你考虑好了吗"。

都军说："我考虑好了，决定还是要去这个地方发展，去搏一下。"

可能都业富忘了，但都军一直记得。1994年左右，都业富很认真地问过女儿都红一个问题"我们要不要成立一家公司"。

那时还没有携程等线上机票销售平台，天津唯一的机票销售点在南京路中国国际航空售票中心，民航大学有个同事自己成立了一家公司代理机票。都业富觉得，利用他在民航系统这么多年的经验，可以成为机票的代理商。

但父女俩最后的结论是算了。都军觉得，父亲是学术派，天生谨慎低调，甚至过度谨慎。

都军觉得这方面他与父母都不像，所以相信先天和后天之间的关系不是在血缘，而是在环境。有些地方跟血缘有关系，比如说孝心就是基础；思维是和血缘有关系，比如看父亲怎么待人处事，都军也怎么待人处事，这是天天看着长大学会的。"但是在经营事业这些方面，有些东西不是继承关系。"

甚至，生活和事业在某种程度上是平行宇宙，他对父亲的了解，所有的都是生活，而缺少了事业和工作。这部传记的写作，大概能够弥补这方面的欠缺吧。

都军在万科工作了10年，2017年选择离开，创业成立了采筑，把父亲和姐姐当初有冲动但未实现的事情做出来。到现在为止，事业发展得不错。

都军在公司给员工和团队传递很多新的想法、建议，或者一些突破性、挑战性的东西，但一直不知道创造力从哪儿来。回头想想，也许尽管都业富没有跟他探讨过这方面的内容，也没有实践，但他的思想、灵魂或者基因，跟孩子们之间是有传承的。

三、最后的话

　　有一天清晨，都红从梦境中惊醒了：梦中的我不知什么原因提着一个行李箱子下楼梯在在楼梯间发现老爸正躺倒在楼梯上。面色白皙透亮，肤色非常漂亮。我赶紧蹲下去一边扶他一边紧张地询问老爸怎么啦，为什么躺在这里。他好像是穿着一身绿色或者蓝色的衣服，还戴着同色的帽子。他身体很软，好像跟我说了什么但可惜我不记得啦。这并不是我头一次梦见老爸老妈。梦见老妈那次更是神奇。她卧床很久然后我们把她从医院接出来住在一家疗养院似的地方。有一天老妈突然清醒了，不久就下地走路，然后很快就恢复得和正常人一样。我在梦里还怀疑自己是不是记错了，老妈从来也没有生过病、昏迷过。

　　还梦见老爸老妈一起出现在我面前。老爸脸色健康极了，好像刚刚采摘蓝莓回来，貌似又兴奋又健康的样子。我问他最近过得怎么样。他说很好，工资很高，每天都很充实。我还说工资这么高我也要去。他笑着说别傻了你在这里不是挺好的吗？

　　过了几天，我又梦见了老爸，也许还有老妈记不太清了。老爸匆匆而来，似乎是要找什么重要的东西，一边东翻翻西找找，一边还念念有词地在嘟囔着什么。一番忙乎后他很颓丧地坐在一把木头椅子上说着"太晚了，来不及了赶不上了啥的……"。我在旁边看着想帮忙又无从下手，问他也不答我，好无助。

我老爸不吸烟不喝酒，不喜欢摄影麻将养花逗狗，他最大的生活爱好就是读书和摄像。他读书涉猎极广，从民航运输客运和货运管理专业书籍、人物传记、历史文献到中医养生、易经八卦他都喜欢，经常是一边看一边做笔记。我记得以前没有电脑的年代，他手边总是有笔记本和钢笔。有时候一时找不到本子，他就会记在一张纸上。老妈退休后喜欢上了读书和书法，也会随手记下一些心得笔记。家里经常到处都是他们俩的书，笔记本和记得满满当当的纸。老爸在20世纪90年代初就买了台式电脑，后来又陆陆续续地买了笔记本电脑。他是积极拥抱新知识和新科技的人，尤其是在电脑方面更是不断挑战，喜欢接受新鲜事物。笔记本电脑不知更新换代了几台。老妈住院期间我还专门给他换了一台新的笔记本，他老高兴了。他不仅会用笔记本电脑写作，还能熟练使用很多办公软件。像是Excel，我老爸用它来做数据分析，图表制作会使用它的财务分析和其他工具类的扩展程序功能。在我老妈病重住院前，他们都在老年大学学习，我妈学习书法和钢琴，我老爸学习电脑类课程。他们两个为我们后代树立了活到老学到老的典范！我女儿良好的阅读习惯的养成和姥姥姥爷的言传身教是分不开的。

在我妈住院后期，医生除了用强力抗生素和设备来维持老妈的生命指数并无什么有效方法时，我爸上网搜集资料，自己研究相似的病例找到有价值的信息会抄写下来提供给医生参考。每当看到他伏案搜集这些医疗信息时，我都忍不住流泪。老爸的自学和科研能力在我老妈的治疗问题上没有发挥有效的作用。但我老爸尽力做了他能力范围内所有能够做到的事。

都业富和赵景英的墓地在天津市东华林，位置在天津滨海国际机场航道下面，飞机刚好从东华林上空飞过，这是一种深厚的缘分

慈父都业富一九三九年九月 生于
吉林任中国民航大学教授享国务院
特殊津贴逝于二零二一年十一月相
濡以沫学识渊博宽容豁达桃李天下
慈母赵景英一九四三年三月 生于
天津任和平区人事局局长至退休优
秀共产党员逝于二零一八年六月内
贤外明耿直无媚俭朴不奢侨辈逢霖

都军给父母撰写的墓志铭

2021年11月27日，一个曾经幸福的四口之家结束了，其实在2018年6月12日就已经不完整了，但是他们从未真正离开。女儿和儿子两个新的幸福的家庭传承了家族历史和基因，人生就是在传承中发展，在传承中进步。都军主持这本书的目的就是希望家族的后人在某一天突发奇想，想知道自己先人是谁、想过什么、做过什么的时候，能从这本书里找到一些答案。

而且孩子们也能突发奇想地给他们父母或自己写一本传记，给他们的后代留下自己的历史痕迹。

附 · 件

附件一　都业富续都氏族谱（序）

都业富续谱序

我根据清朝咸丰七年（1857）的族谱及中华民国二十年（1931）吉林省集安县都本德的续谱，从都本有开始，在吉林省临江，都氏一支的演化及现状。

据我爷爷都兴春保存的供奉品（忠孝堂）记载，都氏一支在临江是从都本有开始（其墓地在临江高丽沟子，2016年4月2日扫过此墓）。在临江，都氏一支是从七世祖都呈维演化而来。

由都本德的续谱知，七世祖都呈宗、都呈维等人在清朝乾隆年间（在1770年左右），由山东牟平县迁居辽宁省岫岩县，八世祖又迁居至本溪县。都悦荣于光绪九年（1883）迁居集安县下活龙盖。

在都本德的续谱中有都本有，我爷爷经常讲他在集安县下活龙盖生活的情况，又是都本德将他的续谱送到临江，可见都本有带着一家人是从集安县下活龙盖到的临江。

都本有有三个儿子：都兴春、都兴发及都兴堂。

我续谱就是从这三个儿子开始至现在（2016）。

都兴春的后代主要分布在天津、深圳、加拿大、吉林省抚松县、山东青岛等地；都兴发的后代主要分布在吉林省白山市和长春市，以及北京、天津等地；都兴堂的后代主要分布在吉林省临江市及白山市，河南省信阳市及郑州市。经过近一年的努力，将都本有的后代，除个别名字无法调查清楚之外，绝大多数名字都准确无误地记录下来。

表1 都家本支全表

2016年5月8日　都业富

十七世	十六世	十五世	十四世	十三世	十二世	十一世	十世	九世	八世	七世	六世	五世	四世	三世	二世	一世	始祖
										都思忠 长子	都承宗 长子 都氏	都教 长子	都汝芬 王氏	都宏礼 于氏	都启登 曲氏	都文成 刘氏	都宁 宁氏
										都思恒 次子							
									都丕绅 长子	都思绍 三子							
								都世清 长子	都丕伦 次子 王氏								
								都世泽 次子									
					都本行 长子 孙氏	都元增 长子	都悦瑞 长子 孙氏	都法 三子 孙氏									
郑嘉睿 长女 郑津	都红 长女	都业富 长子 赵景英	都基财 长子 丁氏	都兴春 长子 张氏	都本有 次子 孙氏 张氏												
都馨仪 长女 邢莉	都军 长子																
都泽鑫 长子																	
			都基发 次子														
	都峰 吴婷燕	都业君 长子 张玉华	都基盛(云) 三子 王凤简														
	都田芳	都业清 次子 刘淑荣															
	都田杰	都业龙 三子 曹汉梅															
	刘志勇	都业华 长女 刘廷俊															
	周国强	都业霞 次女 周秉君															
		都业玫 三女															
			都基× 长女 毕庆安														
	南稚雅 长子 王芳英	李琴 长女 南笑汉	都基× 次女 李××														
	南征 次子 南丹霞 刘文花																
王新丽 长女 辈增香	王晶平 长子	王有才 长子 徐桂荣	都基珍 三女 宋大光 王××														
孟祥岩 长女	王永红 长女 孟繁生																
马宏武 长子	王晶梅 次女 马龙																
			都基× 四女														
		都业民 长子 徐步勤	都基有(品)长子 张振荣	都兴发 次子													
	都倩汝	都业林 次子 离婚															
		都业娟(都彦君)	都基芬 长女 勇岳五														
都扬	都金龙 长子 杨丽君	都业戈 长子 石桂香	都基坤 长子(由兴春过继) 孙桂珍	都兴堂 三子 张氏													
都明	都金星 次子 黄艳梅																
翟凯	都金凤 长女 翟淮州																
于曼	都金云 次女 于雪飞																
	都金杰 长子	都业生 次子 范喜梅															
马晓茹 长女	都金辉 长女 马世凯																
付磊	都金霞 次女 付深勇																
姚琳 长女 吕东	姚云礼 长子 李建香	都业珍 长女 姚庭才																
姚爽伟 长子 魏春莹	姚云祥 次子 安桂杰																
姚书华 长女	姚云军 三子 陈文兰																
姚美洋	姚云杰 四子 周玉花																
袁雪辉 长子 初红艳 袁雪霞 长女 袁雪莲 次女 张英君	姚云英 长女 袁金成																
杨德君	姚云秀 次女 师廷来																
王俊睿 长子 刘秀华	王桂起 长子	都业花 次女 王勤																
王凯 长子	王桂洪 次子																
王翠翠 长女	王贵利 三子 张玉兰 庄倩男																
单宝娟 长女 王林	王桂兰 长女 单连德																
赵丽萱 长女 赵伟志	王桂凤 次女																
宁子钰 长子 许传荣	宁旭东 长子	都业荣 三女 都业荣																
唐倩 长女	宁丽 长女 唐德成																
王宁 长子	宁颖 次女 王德丰																
董心悦 长女 薛英美	董伟涛 长子 董文才	都业芝 四女																
董嘉俊 长子 董嘉欣 长女	董伟平 次子 崔艳丽																
杨瀚尧 长子 杨忠峰	董丽梅 长女																
					都本富 三子 于氏												
							都悦琛 次子										
									都思深 四子 曲氏								
											都佟 次子						
											都阡 三子						
											都作 四子 都翼 五子						

表 2　长支都兴春的后代

2016 年 5 月 8 日　都业富

十七世	十六世	十五世	十四世	十三世
郑嘉睿　长女 郑津 都馨仪　长女 邢莉 都泽鑫　长子	都红　　　长女 郑津 都军　　长子 邢莉	都业富　长子 赵景英　妻	都基财　　　长子 丁氏	都兴春　长子 张氏
			都基发　　　次子	
	都峰　　长子 吴婷燕 都田芳　长女 都田杰　长子 刘志勇　长子 周国强　长子	都业君　长子 张玉华 都业清　次子 刘淑荣 都业龙　三子 曹汉梅 都业华　长女 刘廷俊 都业霞　次女 周秉君 都业玫　三女	都基盛(云)　三子 王凤蘭	
			都基×　　　长女 毕庆安	
	南稚雅　长子 王芳英 南征　　次子 南丹霞　刘文花	李琴　　长女 南笑汉	都基×　　　次女 李××	
王新丽　长女 孟祥岩　长女 马宏武　长子	王静平　长子 张增香 王永红　长女 孟繁生 王静梅　次女 马龙	王有才　长子 徐桂荣	都基珍　　　三女 宋大光 王××	
			都基×　　　四女	

表 3　次支都兴发的后代

2016 年 5 月 8 日　都业富

十七世	十六世	十五世	十四世	十三世
	都倩汝	都业民　长子 徐步勋 都业林　次子 离婚 都业娟(都彦君)	都基有　长子 张振荣	都兴发　次子
			都基芬　长女 勇岳五	

表4 为三支都兴堂的后代

2016年5月8日 都业富

十七世	十六世	十五世	十四世	十三世
都扬	都金龙 杨丽君 长子	都业茂 长子 石桂香	都基坤 长子（由兴春过继）	都兴堂 三子 张氏
都明	都金星 黄艳梅 次子		孙桂珍	
瞿凯	都金凤 瞿淮州 长女			
于曼	都金云 于雪飞 次女			
	都金杰 长子	都业生 次子 范喜梅		
马晓茹	都金辉 马世凯 长女			
付磊	都金霞 付深勇 次女			
姚琳 长女 吕东	姚云礼 李建香 长子	都业珍 长女 姚庭才		
姚美伟 长子 魏春莹	姚云祥 安桂杰 次子			
姚书华 长女	姚云军 陈文兰 三子			
姚美洋	姚云杰 周玉花 四子			
袁雪辉 长子 初红艳 袁雪霞 长女 袁雪莲 次女 张英君	姚云英 袁金成 长女			
杨德君	姚云秀 师延来 次女			
王俊睿 长子	王桂起 刘秀华 长子	都业花 次女 王勤		
王凯 长子 王翠翠 长女	王桂洪 张玉兰 次子			
王迈 长子	王贵利 庄倩男 三子			
单宝娟 长女 王林	王桂兰 单连德 长女			
赵丽萱 长女	王桂凤 赵伟志 次女			
宁子钰 长子	宁旭东 许传荣 长子	都业荣 三女 宁炳礼		
唐倩 长女	宁丽 唐德成 长女			
王宁 长子	宁颖 王德丰 次女			
董心悦 长女	董伟涛 薛英美 长子	都业芝 四女 董文才		
董嘉俊 长子 董嘉欣 长女	董伟平 崔艳丽 次子			
杨瀚尧 长子	董丽梅 杨忠峰 长女			

附件二　都业富个人回忆录——天道酬勤

天道酬勤——我的回忆

都军和我讲过多次，让我写一下回忆录。

今天是2018年7月11日，我初步看了我的老伴——赵景英写的回忆录后，下决心写写回忆录。我老伴2018年6月12日去世，她生前给我绣了一块匾，匾上绣四个字：天道酬勤。

这四个字作为我回忆的主题，以此纪念我老伴，更重要的是，让都红，都军及后人们了解都业富的奋斗一生的轨迹，懂得天道酬勤的道理，懂得人生的价值是创造出来的。

我出生在东北长白山地区，家里贫寒，用不完整的五年时间熬到小学毕业，没有读高中，考上大学，没有上完整大学，做飞机选型研究，1992年获得国家科学技术进步三等奖，1993年获得国务院政府特殊津贴（一等），1997年评为教授。之后进行许多科研课题研究，为中国民航建设做出许多贡献，获得许多荣誉称号。

回忆录的小标题：我的童年，抗美援朝期间，上学情况，在中国人民解放军空军十四航校，在成都民航机械专科学校，在中国民航机械专科学校，在奉新民航"五七"劳动学校，在民航教导队。中国民航学院与中国民航大学的情况，从中了解我是如何一步一步地科学研究的高地。

我的童年

我的童年是指1949年9月上小学一年前的年代。

1939年九月初四（阴历），我生于辽东省（现在吉林省）临江县临江镇河东村。生我时，父亲都基才24岁，母亲丁氏18岁。

临江——我国重要的战略要地

临江镇位于长白山脉，山清水秀，南面是鸭绿江，江的对面是朝鲜，江的上游是长白县，下游为集安、安东（今丹东市）而入海。临江背靠三座山、两条沟。靠西的是头道沟，有一座桥通朝鲜，有一座大火车站，此站铁路线沿鸭绿江下游边通大栗子站，那里有大型铁矿，此站向沟的方向通往通化市及全国许多城市，此铁路线可以将临江的矿产运往各地。二道沟有一座小火车站，铁路线是通往长白山区各个林场，将长白山的木材运往全国各地。两座车站相距三公里。临江面积不大，但是是我国的战略要地。

河东村及都家

二道沟有一条河，此河起源于长白山深山老林。河东村位于此河东面，靠近山，分前堡子、中堡子和后堡子。我家位于中堡子叫都家院子。坐北朝南两间大房子，并接一间厢房。靠西大房子住我们全家，我爷爷叫都兴春，我爷爷排行老三。奶奶都张氏，爸爸都基才，妈妈都丁氏，老姑与老叔都基盛（即都云）。我家西大房子住我二爷全家，厢房住的是我大爷都基坤。他是我爷爷奶奶的大儿子，但是被过继给我二爷。

我出生时是抗日战争最困难时期，临江县是敌占区，我家靠种地艰难维持生活。

我的幼儿生活

当我会爬时，没有人看着我，我母亲将我放在土炕上，将我双脚用绳子捆住，绳子另一头拴在窗户上，这样我只能在土炕上爬，手扶着窗户站起来，看大人们在菜地干活。

在那时，孩子成活率很低，给我起名叫锁子，意思是不要死去，要长大成人。那时我家靠种地与卖菜生活，上山采野菜（采日本人喜欢吃的菜——蕨菜），卖菜挣些钱。

我现在对我母亲印象非常模糊，只记得我家尽管生活困难，有一次她抱着我到日本澡堂洗澡，洗的是淋浴澡。

我小时性格倔强，不甘心落后。一次与我舅家孩子玩时，我提出尿尿看谁尿得远，我比他尿得远，高兴极了。

1944年，我虚岁6岁，母亲去世，不久我老姑也去世了，我奶奶抚养我。那时我爷爷、父亲种地养家，我小叔都基盛念书。

抢日本

1945年8月15日，日本宣布投降。我是小孩，不知此事，有一天，人们喊日本人跑了，有的日本人一丝不挂跑到山上去了。

三三两两的人们涌向日本人驻地，有的人还赶着马车，去抢日本人的东西。

我是小孩，胆子小，我家也没有人去抢日本人的东西。但是，我好奇，人们抢完日本人的东西，我到日本人住的地方，看到所有东西都抢光了，连门、窗都没有了，令我高兴的是，我在一家日本人窗户外，捡到几块水彩。

临江解放

1946年临江解放，临江及周围成为我党我军在东北的重要根据地，即当时南满根据地，林彪、陈云指挥著名的"三下江南四保临江"战役时，就住在临江。

临江解放时，在我小小心灵里留下深刻印象。解放那天早晨，临江山顶上，站满了解放军，然后向山下冲锋。与国民党军队及伪警察作战，我父亲参加了给解放军送给养活动，解放军下山后，挨家挨户搜查敌人。

解放后人们载歌载舞，我三姑（我奶奶生四个姑娘，我大姑毕都氏，二姑李都氏，三姑王都氏，四姑早亡）参加了扭秧歌，庆祝解放。

1946年打土豪分田地。我记得，那年，在村公所（在马路边，都家院子斜对面），斗地主、富农时，我听到嗷嗷叫声，分地主、富农的东西，将他们的日用品等东西摆放在路边，让贫下中农去取。

我家为下中农，分了地主、富农的东西，在王家营与西大川分了两块地。

与爷爷一起种地

距离河东村约15里地的二道沟里的王家营，村公所分给我家一块地。此地旁边有一条路，经常有人和马车路过。此地靠东有一条小火车铁道，主要用小火车运木材。

我们用树枝和草打了一个窝棚。我帮助爷爷种玉米和高粱。

地靠西有一条河（即河东河的上游），靠河边有一座山，在山腰有一条马路，此马路通临江。

有两件事一生难以忘怀。第一件是晚上睡觉害怕。一怕蛇，这里蛇多，时常看到蛇爬到窝棚里，担心蛇钻到被窝里。二怕鬼，山陡，山腰上的马路，路面狭窄，听人说，有时，路不好走，连人带车从山上翻下来，粉身碎骨。夜间，听到人的吆喝声、马叫、车响时，心里就紧张，怕翻车死的人，到窝棚里来。

在这种地也很快乐。第二件就是抓鱼、抓拉姑（即小龙虾）。我模仿大人在河里闭鱼亮子。就是从河两岸顺着水流动方向，垒两条石头墙，石头墙高于水面，两条石头墙在河中心汇合，在汇合处，放上鱼亮子（用树枝编的），河里水从鱼亮子过滤后流出，而鱼、拉姑等流不走，停在鱼亮子上。我用这种方法抓了不少鱼和拉姑，改善了生活。不过，抓拉姑，它的爪子很厉害，抓得我的手，鲜血直流。

大约1946年下半年，我父亲与一个抽大烟的女人结婚，将我从爷爷奶奶家带走，到我家分的另一块地，离我家30里的西大川（现在叫高丽沟子，距离吊打沟约5里）。这块地是在很陡的上坡上。脚踩坡地，土及小石头哗啦啦往山下流动。

我们在上坡上，搭一个窝棚。吃水很不方便，要到山底下一条小河弄水。

在这里有两件事记忆深刻。一件事是这山上鹿、野猪、兔子等很多，人们说，冬天是抓狍子的季节，发现狍子时，人们敲锣打鼓将狍子赶到带冰的平地上，在冰上狍子跑不动，容易被抓到，我住一个冬天，没有发现狍子。另一件事是误将蛇误认为是鱼。我父亲经常到河里抓鱼。我也跟父亲到河里抓鱼。一次，我抓一条大"鱼"，用手捏住它的脖子，拿回家，我对父亲说，抓一条大"鱼"，父亲一看说怎么抓一条蛇，把我吓一跳，马上将蛇放了。

我奶奶常给我讲西大川的故事，我的先人都本德的亲兄弟都本有由集安县下活龙盖迁至临江县二道沟里头，距吊打沟5里的大西川，在那里盖了都家大院。在西大川种地维持生活。

我奶奶常给我讲的故事，是我父亲被胡子绑架逃跑的故事。一次我父亲砍柴，遇到胡子，胡子将我父亲绑在车上，车在路上走时，父亲趁着胡子不注意，跳下车就跑，胡子在后面追，没有追上，我父亲就这样脱险了。

不久，我父亲到临江林业局当工人，到长白山林区伐木，我回到奶奶家。继续跟爷爷在王家营种地。

我们住在河东村也不安全，闹胡子，周围一些人家，经常受到胡子抢劫。我们晚上睡觉总是提心吊胆，我爷爷、叔叔晚上都带着棍子、刀子准备与胡子搏斗。

1949年9月1日，我叔叔领着我上临江镇兴隆街小学，上一年级，我被编在一年级四班，他读六年级。

1950年夏季，我叔叔小学毕业，他会游泳，有时他游过鸭绿江，到朝鲜西瓜地里摘西瓜。他一次下馆子，回到家里，和我爷爷、奶奶讲一些菜名，我们都觉得很新鲜，认为我叔叔见了大世面。

1950年秋天，他找到一份工作——苇沙河乡民政助理。

抗美援朝期间

1948年朝鲜半岛以三八线为界，以北为朝鲜民主主义人民共和国，以南为韩国，双方都想统一对方。1950年6月25日朝鲜人民军南进作战，1950年7月5日美国军队参加了第一场对朝鲜的战役。10月美国飞机多次侵入中国领空，轰炸我国丹东地区，战火即将烧到鸭绿江边。1950年10月8日，中国政府做出"抗美援朝，保家卫国"的决策，从10月25日中国人民志愿军打响入朝鲜后第一仗，直到1953年7月27日战争双方在朝鲜停战协定上签字为止，抗美援朝战争宣告结束。

我在抗美援朝期间，过着非常不安定的生活。

以美国为首的"联合国军"的军机轰炸临江。

大约1950年10月，其军机轰炸丹东、吉安和临江。

那时，我刚上小学二年级，1950年10月一天上午，我们正在上课，突然一声巨响，教室开始摇晃，教室所有玻璃窗的玻璃全部震坏，同学们惊恐万分，叫爹声、叫妈声不断，乱作一团，有的钻到课桌底下，有的夺门而出。

之后敌机不断轰炸，无法上课了。政府发出疏散通知，让人们离开临江镇，投亲靠友，躲避轰炸。

我和爷爷与奶奶投靠二道沟里的吊打沟村的高丽沟子，那里是我七舅爷（我奶奶的弟弟）住的地方。那时候是冬天。

那个地方在山沟里，那一年我十一岁，我能够帮助家里干活。我发现家里缺少柴火，就到山上砍柴，那时满山都是雪，没有路，很滑，经常摔跤。

砍柴就是用刀子砍小树和大树的树枝子，然后，将砍的柴火拖回家。

疏散时，许多用的、吃的，都没有带走，我们住在离家30多里的山沟里，回河东村拿非常不便，爷爷奶奶年纪大，回家拿东西的任务落在我的身上。我时常拖着小爬犁在结冰的河里走，路上有的大人吓唬我，要我的东西，我大着胆子，不理他们，继续走。

那时，河东村都家院子住满了志愿军的后勤人员，从吉林省各地来的，为志愿军送给养。

我与爷爷奶奶于1951年春天回到了河东村。

那时候，学校开始上课，但是敌机还是经常轰炸临江，主要轰炸临江江桥，这桥是运输志愿军所需物资的三座桥之一。

敌机时常从河东村都家院子上空冲向江桥方向，去轰炸江桥。我和奶奶有时能看到敌机飞行员。

敌机时常轰炸临江，学校的学习不得安宁。

我叔叔都云在苇沙河乡政府任行政助理，与当地姑娘王凤兰结婚。1952年秋天，我婶子王凤兰与姥姥（王凤兰的母亲）将我接到苇沙河念书。我先在苇沙河东堡子姥姥家住，一间大房子，只有我们两人。

我每天晚上都担惊受怕，因为姥姥时常发癔症。到深更半夜，她在房间里乱窜，又是走，又是跳，又是唱，还说她是昆仑山大仙路过此地，折腾半天才完。

在姥姥家，时常晚上炒花生吃。

在这里没待多久，我就到我叔叔家住。

他租朝鲜族人的房子。我在这里继续上学读书。直到1952年冬季结束，又回到河东村。

1953年春天，我上小学四年级，我学习成绩好，加入了少先队。到秋季上五年级，我当上少先队中队长、五年级四班班长。1954年春天，我加入共青团。

秋季小学毕业后，考上了临江县唯一的一所中学——临江中学（只有初中）。被分到一年四班，班主任老师孙作浮让我当班长，一直到1957年初中毕业。

艰苦奋斗的初中生活。我家里贫穷，我下决心刻苦读书。初中三年，我非常感谢我奶奶，她天天很早起来给我做饭，包括早晨吃的、中午带的。一年四季，我都是早晨7点从家出发，7点半左右到学校。尤其冬天，临江特别寒冷，河东的河冰都冻裂了。

我戴着狗皮帽子，戴着口罩，到学校满脸都是霜，口罩结了冰。

学习成绩除了体育、美术差点外，其他都是五分（五分制，最好成绩100，当时为五分）。我当时特别喜欢数学、物理、化学和历史。

那个时候，生活很苦，很少吃肉，有时我奶奶将家里的鸡下的蛋，拿到市场卖，用换来的钱去买虾米和咸鱼。

我爷爷上山割草，到市场卖给喂牲口的，换来钱给我买一条裤子。

我在读初中期间，特别喜欢体育。在学校组织的5000米长跑比赛中，我获得第三名。

我有一个舅舅，姓丁，以手工编织厨房用品为生，是我妈的哥哥。住在鸭绿江边。我小时候，妈妈经常带我去他家玩，有时住在他家。他家有四口人，还有舅妈，一个弟弟，他叫丁克兴，和一个妹妹。

我妈去世不久，我舅妈也去世了。

我舅舅再没有结婚，抚养两个孩子长大成人。解放不久，他将我妹妹嫁出去，其婆家在山沟里。

我舅舅还会打花棍，花棍是将一根棍子两头系上各种花，打花棍是指手舞动花棍做跳舞的各种动作。解放初期，不少人到我舅舅家学打花棍。

我妈妈去世后，我每年过春节都到舅舅家拜年。每次都给我零花钱。我舅舅在20世纪60年代末去世了。

我弟弟丁克兴先在临江参加销售工作，我舅舅去世后，调到白山市在供销合作社一个部门任经理。

在读初中期间，星期天，在河东村我家住的小院子里，练习跳高，我喜欢中国武术，跟一位师傅练习"小红拳"，练习刀术。

我喜欢听故事，住在我家隔壁的徐怀春（他与其父亲住在一起）经常在晚上给我讲妖魔鬼怪的故事，有的故事非常吓人，晚上我一个人走路都害怕。

我爷爷经常给我讲老虎具有人情味的故事。一个人到山上砍柴，走到山坡上，看见一只老虎拦住路，这个人看见老虎就跑，老虎就追，追上这个人不让他走，老虎张着嘴，嘴里流着血。这个人觉得老虎不想吃他，认为老虎有事求他，他说虎大哥，你将嘴张大些，老虎将嘴张大后，他发现老虎喉咙里有一根骨头，他说虎大哥你将嘴张大后不要动，我将骨头取出。他将骨头取出后，老虎点点头就走了。

第二天早上，他发现房子后面轰隆一声是一只死狍子，以后晚上他经常听见房子后面有轰隆声，都是死动物。他明白了是老虎感恩，对他的报答，可见老虎对人也有感恩之情。

我奶奶经常给我讲她亲身经历的故事。我们都家的祖先是元朝开国将领必里海的后代，从山东登州府牟平县迁移到吉林省集安县下活龙盖，又从活龙盖迁移到临江县吊打沟西大川。在西大川建都家大院，靠种地过日子。

那时社会动荡，不稳定，土匪（当地叫胡子）猖獗，有一年，都家大院遭到土匪袭击。一天晚上几个十土匪，拿着武器将大院团团围住，大喊大叫要财物，都家近10个人拿着棍棒自卫，土匪冲进大院，双方打了起来，土匪人多势众，都家有2人被打死，多人受伤。其中我爷爷大腿受伤。此时我奶奶急了，拿起菜刀与土匪拼了，当场砍伤3个土匪，其中一个土匪头部被砍掉一小半，土匪看不好，这个女人太厉害了，马上就撤退了。我奶奶当时20岁左右，她是吊打沟村张家人。离都家大院四五里路。这个大院不能住了，以后搬到临江镇河东村。

在读初中期间，我喜欢看武侠小说，什么《三侠剑》《七侠五义》《施公案》等等，喜欢胜英、黄三太等英雄人物。

那时候，我有一个大爷叫都基坤，是我奶奶的大儿子，他过继给我二爷。他好吃懒做，而且脾气暴躁。经常到我奶奶家吃饭。

他经常跟他老婆吵架，他吃饭时，看桌子上的饭不顺眼，就到猪圈用铁锹挖猪粪，泼在饭桌上，或者将一桌子饭菜都推到地上，让大家都吃不成。

我的人生转折点

初中毕业后，或者上高中（从1957年下半年开始，临江中学有高中了）或者上通化师范。

由于家里生活困难，我只有选择通化师范。

到通化师范，来自临江中学的学生有3位，曲淑琴、张铁柱和我，我又当上了班长。

当时流行一个开头语"家有三斗粮，不当小孩王"，我想，师范毕业要到小学任教师，家里生活仍然不会富裕，摆脱不了艰苦生活，还是读高中有前途。

我下决心不读师范了。回家中，自学高中课程考大学。我这个想法得到我姐夫——南笑寒的支持。

1957年10月，我回到临江河东村。在家准备自学高中课程，主要自学高考的课程：语文、数学、物理、俄语等。

这些课程的课本，临江镇书店没有卖的，到北京邮寄又很贵（课本费+邮费），没有钱连自学也无法进行。

那时候正好从通化市到万沟修铁路，招临时工，我报了名，参加修从青沟子到松树镇一段铁路，干了两个多月，挣些钱，赶快回家自学，否则就赶不上1958年的高考了。

1957年冬天到1958年夏季，是我刻苦自学的时间，白天黑夜地学习，我下定决心，一定要考上大学，否则没有出路。

自学遇到的困难非常大，没有人帮忙，特别是"三角"，符号我不会念，我就死记符号的含义，学化学也是一样。

最苦的是晚上学习，那时没有电，用小煤油灯，在灯下看书，累了，一打盹儿，头发就被灯的火苗烧了，听到哗哗响声，我就惊醒了。结果我的头发，黑一片、黄一片。

刻苦学习，获得回报。1958年考上了大学。我赶上好机会，1958年全国进行高等学校扩招，那年录取率达96%以上。

1958年我被三所大学录取：东北师范大学数学系、通化医学专科、民航学院无线电系。我与我姐夫南笑寒商量，决定去民航学院。

1958年8月26日，学院通知我到长春市吉林省交通厅招待所报到。考上民航学院的共有十七人，民航局姓李的同志接待我们，他领我们到北京，等待去民航学院的通知，等了两天学院通知我们说，民航学院准备在西安办学，现在条件不成熟，让我们去中国人民解放军空军第十四航校培训任教。

十四航校生活

1958年8月30日，我们来到十四航校七院，等待安排。

没有过几天，将我们分到三大队四中队，进行入校教育。中队长是张文元，他是抗美援朝志愿军干部。

这个时候，我们开始动摇起来，认为这里不是大学，应该给教育部写信，重新给我们分配，读大学。有的写了大字报。有些人犹豫，虽然这里不是大学，但是将我们培养成专业教师，还是可以接受的。

等了一个月左右，教育部没有反应，兰均国、刘世辰、张显仁等十个人回家了。刘国庆、王焕、张国祥、玄德汉、田荣春、金光哲和我留下了。

我被分配到训练部基础系数学教研室。我喜欢这个分配，因为我爱好数学。当时数学教研室主任是朱亮中。

教师有郑天林、周振堡（清华大学毕业），还有一期留校的（1956年来校的学生）朱家骏、鲍进贤和方永秀。

我和一期留校的，都是新教师。他们三个带我们四个。熟悉教材，学习写教案。我利用这个机会，补习高中数学知识，如三角的一些读音，过去只知道其含义，不会读音。

新教师要读懂教材，熟知每个章节内容、每个公式的含义，要用自己的语言表述出来。要会写教案。

我努力按照老老师提的要求去做。

教研室经常组织试讲。新教师讲，老老师在下面听，讲完后，老老师提建议，指出讲得不足和改进方向。

读懂教材对我来说，是学习的过程。因为教材中有一部分是高等数学内容，如极限、微分、积分。高中数学没有这些内容。我继续自学。与过去不同，我有不懂的，可以随时问其他新老师或者老老师。

后来我才基本弄清楚十四航校的基本情况。

解放后，为了加强民航建设，国务院于1956年5月26日批准成立中国民用航空局航空学校，同年9月22日，经国防部批准正式定名为中国人民解放军十四航校。为了加强该航校力量，还从八航校等空军航校抽调一些专家任教，培养民航所需空地勤人员。

十四航校位于四川省新津县五津镇（今成都市新津区五津街道），距离成都市30多公里。

校长是张毅，政治委员是江围。下设政治部、训练部和后勤部。政治部主任是古德堡，训练部部长是杨一德。

有三个飞行训练团。一团在新津机场，二团在彭山机场，三团在遂宁机场。

训练部有一个飞行训练大队，给空勤人员讲基本飞行理论课，上完基本飞行理论课后，分到各个团进行飞行训练。

训练部还设有地面民航所需要培养各方面人才的系，如机械系，培养飞机机务维修人员；仪表系，培养飞机仪表的维修人员；无线电系，培养无线电维修人员等。

1956年招第一期地面人员学员。1957年1月26日正式开学，是中国民航培训空地勤人员的第一所正规学校，同年3月12日按当时的总参谋部通知将十四航校划归兰州军区空军建制领导。

1958年招第二期地面人员学员。

基础系系主任是朱帮旭，支部书记是刘绍亭。该系设有数学、物理、俄语、制图、材料和金工教研室。

学校完全实行军事化管理。教职员工绝大多数是军人，佩戴军衔。地勤学员统一着装。上课或者到食堂吃饭都是排队、唱歌。

1958年食堂伙食非常好，每张桌子十个人。

我到十四航校不忘用武术锻炼身体。1958年12月份，学校抽调我参加空军武术比赛。兰州空军军区是一个比赛小组。比赛地点在南京。各个空军军区都派人参加。

兰州空军军区武术小组在西安集训。

每个比赛人员都是两个比赛项目，太极拳是必需的比赛项目，另一个是自选项目。我选的是刀术。

我的比赛成绩是中等水平。

1959年春季开始我给二期学员213安-2飞机发动机维护班上数学课。此数学课主要讲高等数学的微积分知识。

为了讲好数学课，我开始自学高等数学。我在学校旁边五津镇一家小书店买到苏联数学家斯米尔诺夫著作的《高等数学教程》一、二卷。此教程，全面、深奥、详细。我读完后，经常去此书店，到一卷买一卷，直到第五卷，买了他的全部教程。不断地自学。

　　1959年学校举行春节联欢晚会，我在此晚会上表演武术中的刀术。

　　平息西藏叛乱期间（1959年3月20日—1961年底）。

　　1951年10月西藏和平解放。但是西藏地方政府中的上层反动集团，坚持分裂祖国，维护封建农奴制度，他们默许和支持武装叛乱。

　　西藏军区部队1959年3月20日开始对拉萨叛乱武装实施反击，直到1961年底，整个西藏地区的武装叛乱被彻底平息。

　　1959年春夏季，新津县五津镇的道路非常繁忙，去往西藏的军车特别多。

　　此时蒋介石在台湾叫嚣"反攻大陆"。

　　五津镇的国民党军官也蠢蠢欲动，穿着国民党军官服装在大街上，耀武扬威。

　　十四航校紧急动员起来，实行晚上站岗。我们晚上轮流到机库站岗，保卫飞机安全，形势紧张。训练部长杨一德稳定大家情绪，说了一句著名的话：干在老君山，死在老君山，埋在老君山。老君山就在五津镇机场旁边。

　　1959年大炼钢铁，学校组织力量上山炼钢铁，我因为有课，没有去。

到1959年夏季，学校组织支农活动，到附近农田插秧，我有时被稻田里的蚂蟥咬。

1960年，又到附近农田插秧，全校几百人发高烧，我也是高烧不退，我们一些人被送到空军医院，还是高烧不退。学校有两个学生因为高烧不退而死亡。此事件引起轰动，许多专家来学校会诊，发现是稻田里的钩端螺旋体引起的，打青霉素就退烧了。

空地分家

1960年十四航校空地分家。其飞行部分仍然是十四航校，校部搬家到四川省广汉县。地勤部分改名为成都民航机械专科学校。进入国家高校系列，校部不动。

该校校长是丁荣旋，政治委员是古德堡。

我成为该校一名学习助教。仍然在基础系数学组。

1961年正是国家最困难时期，学校生活水平大大下降。每人每月只给21斤粮食，不够吃，瓜菜代，或者吃树叶。生活很苦，有些人浮肿了

1961年上学期，组织让我上四期学员，0404地面无线电通信导航设备维修班的数学课。

1961年8月，组织让我与朱家骏去四川大学进修数学。

那时候正是周恩来总理抓高等学校基础课，让教授上课堂。

四川大学数学系在全国师资力量很强，有一级教授柯召，多名二、三级教授。数学系主任是蒲保明。柯召原是四川大学校

长，中国科学院资深院士，中国近代数论的创始人。张鼎铭是著名的教授，在世界上享有盛誉，他是积分方程与泛函的专家。

进修教师可以自由选课，我们主要听基础课，再选一些高级课程，如复变函数、积分方程。我特别喜欢复变函数，其中，最喜欢映射部分，即一个平面上的曲线，经过一个函数映射到另一个平面成为什么样的曲线。

每天早晨自己在碗里倒进许多水，放到厨房里蒸饭，然后去上课，中午回到厨房取饭，表面看来一大碗饭，实际上是米非常膨胀引起的。吃完后，肚子还是感到饿。由于天气干旱，除了空心菜之外，几乎看不到什么别的菜。

有时，馋了，十天半个月就到成都市春熙路成都饭店吃一碗盖浇饭，吃饭时要特别小心。因为吃饭时，有些人饿急了就到饭馆去，当服务人员将做好的饭菜放到桌子上时，这些人就将自己的口水吐到饭菜上，客人无法吃，这些人就将饭菜拿走了。

一年进修生活，虽然生活苦些，但是收获非常大。老教授们上课，除了讲基础课之外，常联系自己当前的科研实践，讲当前国内外的研究情况，这些为我以后的发展奠定了非常坚实的基础。

在川大放假期间，我回东北第一次探亲。在西安火车站上车时，我被盗了，车票及所有钱都被盗走了。我都蒙了，回不了家，又回不了川大。我正着急时，遇见了十四航校的一个同事，他帮我解决了路费问题。

1962年7月进修结束，回到十四航校后，组织上将我调到物理教研室。但是必须到训练部农场养3个月猪。我养猪非常用力，勤快，将猪养得肥肥的。

物理教研室主任是刘思明，另外有杨中立、孙芬林和黄琼华。

对于大专物理课，我知道很少。又得从头学起。

到了十四航校以后，改变了我一生的生活，我非常感谢中国共产党，我积极靠拢党组织。

1962年8月18日是我入党的日子，介绍人是刘绍亭与朱家骏。这是我一生难忘的。

1963年民航教育系统重组。十四航校与天津高级航校的空勤合并，成立民航飞行专科学校，校址在广汉。成都民航机械专科学校与天津高级航校的地勤及第四航校合并，成立中国民航专科学校，地址在天津机场。

1963年8月开始合并。我与制图教研室王志华是运送成都民航机械专科学校的飞机等物资到天津的押车员。

我记得当年8月28日，我俩坐上从成都火车站出发的货车，吃住在货车车厢内，这辆货车不是直接到天津，中途经过几次编组，第一次编组在陕西潼关站，火车到达潼关站，已经是夜里，将我们的几节车厢停在靠近山脚的轨道上，准备与运往天津方向的车厢编为一组。

在这里，空空荡荡，没有人，我们感到恐惧，恐怕遭到野兽（如狼、虎等）袭击。等到天亮，车辆重新编组后，向郑州方向开。到郑州后，由于天津发大水，京广线不通，火车从津浦线，将我们的货车运到天津东郊信号厂。一路上花了一周多的时间。

到天津不久，我到解放桥看到海河的水非常大，波涛汹涌，水上漂着桌椅板凳，可见海河上游发大水了。

中国民航机械专科学校校长是王乃天。

我在基础系物理组任助教，主任是刘思明，物理组还有杨中立、黄琼华、代克绮、高际才。

由于我物理知识底子薄弱，1964年我就到北京大学物理函授站（在天津外国语学院有分站）学习。

1964年学校领导更换。校长是赵川，政治委员是张辉。副校长是杨一德、杜国光，副政治委员是张宏德，政治部主任是白光庭，政治部副主任是王建国。

他们到来，学校面貌发生很大变化。学校正规化了，教学秩序走向正轨。

张辉首先抓全校的思想政治工作，组织教职工讨论红与专问题。他到基础系抓试点，取得检验后在全校推广。

"红"是指政治立场，走社会主义道路，拥护共产党领导等。

"专"是指业务与技术。

讨论红与专问题对于解放不久的广大知识分子来说是一场思想革命。

当时流行的观点为"多专少红""专就是红""红与专分工""又红又专"。

我辩论的观点为"又红又专"。

大约1964年7—8月，组织上将我调到政治部任秘书。我之前的秘书是刘志桥。

政治部秘书就是处理政治部日常的行政工作。

政治部设有：

组织科：科长朱林坤；科员赵致和、梁国才、肖士汉；

干部科：科长石崇秀；科员张金栋、杨保华、万良驷、巴星逊；

保卫科：科长白玉山；科员肖清、宋福星、范祖海；

宣传科：科长张哲波；科员熊竹刘福初、邓德意、南照泉、郑玉华、吴显忠。

政教室主任黎明、刘章同；教员吴学民、李士枫、王思震、润心才、邹先明。

我任政治部秘书，与学校各个部门经常打交道。

训练部部长杜国光（兼副校长）；政治委员李际年。教务处处长王仁柏；科员宋进业、张天虞、张福庚、张胡掌。

后勤部部长刘仁浦；秘书贺茂琪。

卫生科李学挺、钟、方与黄等医生秘书张旗护士宋乐华曹汝芳。

学员一大队大队长王凤岐；政治委员刘荣滋；秘书林秋源。

学员二大队大队长张长发；政治委员李瑞祥；秘书童传池。

学员三大队副大队长张约信、张海旺；政治委员李继玉；秘书丁存基。

1965年全国进行社会主义教育运动即"四清"，前期在城乡进行"清工分、清账目、清仓库和清财物"，后期为"清思想、清政治、清组织和清经济"。

1965年7—8月份，我校到新立村、大毕庄与军粮城等三个公社搞"四清"，我被分配到军粮城"四清"分团，给分团副团长杨一德（我校副校长）当秘书，我校去一个护士——宋乐华。我们同我校六期地面无线电通信导航设备维修班（由区队长张定泉带队）住在四村。

我随杨一德经常参加分团会议，这个分团团长是天津市宣传部部长候可一，这个分团主要成员是天津市文艺界如各个剧团、出版社等成员，泥人张第四代传人张铭等人。

四清分团开会。我就跟杨一德参加，有什么要求、任务就传达我校负责的各个村的工作队（如一村、二村、三村、四村、五村、民生等的工作队）。收集各个工作队工作情况，向分团汇报。

1966年5月，全国开展"文化大革命"，分团解散，我们回到了学校。

从1966年6月开始，我校师生响应毛主席号召，开展"文化大革命"。首先二大队五中队学生押着其队指导员黄建寨游街，然后纷纷贴大字报，矛头纷纷对准学校各级领导，纷纷成立造反组织。

政治部成立"红岩"战斗队，队长是保卫科肖清。我针对学校工作存在的问题，也贴了大字报。

学校领导处于瘫痪状态，要求改组校党委的呼声高。

政治部主任白光廷将学校形势描绘为：庙小妖风大，池浅王八多。

1966年8月13日改组了校党委，党委正副书记张辉、赵川下台，杨一德、李际年负责校党委。

从1966年8月起，我与赵致和一起到北京串联，住在空军学院。

1966年8月18日，我们参加了红卫兵在天安门游行，见到了毛主席等党和国家领导人。以后我们到西安、延安串联。

民航总局派保卫部部长唐树荣为组长的工作组到学校调查研究，造反组织将矛头对准民航总局，认为此举是镇压"文化大革命"。1966年12月以七期学生姚江南为首的数百人，从天津机场步行出发到北京民航总局。步行一个多星期，住到民航总局。到总局各个业务机关进行造反串联。

1967年1月，北京卫戍区司令部抓走了姚江南及两名干部（肖清、黄能基），命令"造反派"撤离民航总局。

1967年2月以后，学校"文化大革命"形势发生很大变化。造反派成立"红色造反司令部"，称为"红总"，分为"红一总""红二总"。

认为学校改组校党委是错误的，成立"联合司令部"，简称"联司"。"联司"负责人是六期学员程绍乾。

"红总"派赵致和等人，调查张辉党籍问题，说"张辉是假党员"，继续造反。

经过"联司"思考，我的观点发生变化，认为学校改组校党委是错误的，我参加了"联司"。

"联司"派我与学生曲富庭调查张辉党籍问题。我们到陕西汉中二中，找到其原校长王其盛，他说他是张辉入党介绍人。张辉是真党员。他说"红总"派的人，搞逼供信。

1967年6月，我患盲肠炎，住天津市五医院（在马场道与合肥路交口）治疗。

1968年，所有在校学生毕业离校。主要是六、七期学生和各种短训班学生。

党委秘书孙云峰经常和我讲，"训练部一些人与搞'四清'的女大学生谈恋爱，你为什么不找女大学生？"

我给政治部副主任王建国当秘书，他很关心我的婚姻问题。

搞"四清"他是大毕庄分团的副团长，认识许多人。他看中了一名叫赵景英的女大学生，她在欢坨工作队搞"四清"。1968年4月13日，让我到他家（和平区重庆道6号一楼）与赵景英见面。王建国就是我与赵景英谈恋爱的介绍人。

那时，赵景英是和平区反修中学的教师。我俩周六或周日到北宁公园。经过一年的相互了解，具备了结婚条件。1969年4月14日在睦南道34号地下室结婚。

举行婚礼时，她的同学李宝琴、我的同事润心才等参加，在结婚仪式上，随着伴唱《在北京的金山上》，赵景英跳起了舞。

当天晚上，我们在拉萨道恕德里32号赵家吃的喜面。

我叔叔都云患病，在喉咙处长一个瘤，来天津找我，住在睦南道34号地下室，通过董阳泰（财务处处长）认识人民医院副院长王修宇，王副院长找著名肿瘤专家金显宅，为叔叔精心治疗，我叔叔的病治好了。

在我叔叔治病期间，赵景英家（和平区拉萨道恕德里32号）请我叔叔吃饭，正在包饺子时，屋里天棚突然塌下来，天棚是由纸糊的，饺子馅里有许多灰尘，弄得全家不好意思。

1969年，国际形势紧张，尤其是中苏边界。中央一号命令。让北京、天津等大城市的机关、学校到内地去。民航总局命令中国民航机械专科学校解散，大部分到江西奉新"五七劳动学校"去。在我去奉新"五七劳动学校"之前，赵家决定将我瘫痪在床的岳母送到静海县（今天津市静海区）刘家上道二姨（我岳母的妹妹）家，去静海县那天，一辆马车拉着我岳母，我骑着自行车护送。等我们到达二姨家时，赵景英等坐火车已经先到了。

中国民航机械专科学校在"文革"期间，一些干部受到被害而去世，如政治部宣传科科长张哲波、无线电系协理员王朝钦、后勤部政委刘仁團等自杀。

尤其副校长杨一德，受折磨、迫害而自杀。学校副政委张宏德因病身亡。

1969年10月下旬，学校大部分教职工去江西。

我在该年9月将家由睦南道34号地下室搬到成都道鹏程里14号三楼一间房子。它是厕所改造的，没有厨房和厕所，三楼住三家，都没有厨房和厕所。做饭只能到房间门口。

这次去江西我又当押运员。记得1969年10月28日，从天津机场旁边的信号塔出发，我与另一位同事，带了一麻袋油炸馒头与一大桶水，坐货车，一路上，经常编组，经过5～6天，终于到达南昌火车站。

江西奉新"五七劳动学校"在奉新县罗堂公社，离县城有30多里。

校长是孙云峰，政委是张辉，副校长是张德典与王清国，政治部主任是王建国。

共有六个连，一、二连由中国民航飞行专科学校组成；三连由民航总局机关组成；四连由中国民航机械专科学校的机关和基础系学员及队干部组成；五连由训练部的其他教师组成。六连由为校部服务的后勤人员组成。

我在四连任副指导员。连长是肖炳达，指导员是陈春明，副指导员朱家骏，副连长是左尧魁，

四连住在长山，连部在马路边的小二楼。连部对面是食堂。设四个排，一、二排是主力排，三排是机械及妇女，四排是后勤。

劳动学校生活是非常艰苦的，夏天七、八月份是"双抢"（即抢收早稻，抢插晚稻秧苗），天气炎热，非常潮湿。上午干活到11点，下午3点干活。

我印象最深的两件事。一是学员一大队政委刘荣滋将女儿带到劳动学校，其女儿掉到水坑里，在送往奉新的路上，我参加人工呼吸，也没有将她挽救过来；二是在水田插秧时，在水田边有一块大石头，我用力搬起石头时，看到一大堆蛇，将我吓了一大跳。

1970年4月我回到天津出差，看到刚出生的女儿。我妻子赵景英告诉我，女儿出生的那天晚上，是她父亲赵连元陪她到总医院，住院生的都红。1971年4月我出差到天津，处理孙鉴离婚事。

1972年公布1971年"9·13"林彪叛逃事件，校长孙云峰，政委张辉被带到北京审查。民航总局派副局长郭浩到劳动学校处理事宜。赵川任校长，王建国任政委，我被任命支部书记，劳动学校党委委员。

学校处于动乱状态，人心惶惶，无心劳动生产。

为了处理劳动学校问题，1972年5月民航总局派副局长郭浩，研究分配方案。

1972年7—8月，老赵带着都红到江西奉新"五七劳动学校"看望我，住在牛棚里。临走时，我们到南昌市照相。

在赵川任校长期间，一次我俩到北京出差，在空闲时，他请客领我到前门大街全聚德烤鸭店吃烤鸭。这是我第一次吃烤鸭。

1973年年初，劳动学校人员陆续被分配到各个民航管理局。我1973年10月被分配到天津民航总局教导队四队任指导员。

天津民航总局教导队队长是李广义，政委是赵振清，副队长是张文元。

四队队长是民航飞行专科学校调来的侯砚雪，副队长是李顺琪，区队长是张志成。

该教导队是短期培训各种专业人员。教导队实施军事化管理。吃住在教导队，只有周六晚上才可以回家，每周周日休息，周日晚上回教导队。

四队以培训调度指挥人员为主。有时培训运输服务人员、计划与财务人员、乘务人员、通信人员，等等。

1974年我与侯砚雪去邢台招义务工，那时义务工是现役军人。

我们四队负责训练民航总局机关的义务工。大部分义务工分配到民航总局机关，一小部分如赵春海、冯增才等留在教导队。

在四队期间，早晨出操，各个队之间经常相互检查卫生。为了改善生活条件，学员们利用业余时间到教导队周围割草，卖了草换钱去买电视机。

听说教导队要恢复专科学校，我想教数学去。我用空闲时间复习数学。那时，华罗庚教授在推广"运筹学"知识，学习他的著作优选法、统筹方法等，使我爱上了"运筹学"。

在四队培训的学生中，有很多成为中国民航发展的骨干。例如1974年度的第四期指挥调度班的刘亚军成为中国民航驻国际民航组织的副代表、1975年度的第二期调度英语训练班的吴荣南成为厦门航空公司总经理等。

1977年，教导队恢复为中国民航专科学校。1979年高考招专科学生。我们四队有三个专科班：7907（财务）、7908（运输）和7909（英语）。

我在1980年离开四队，丁存基（十四航校一期学生）接我的班。因为经营管理系主任董阳泰让我到经营管理系任教师。

那时是改革开放初期，搞现代化，民航急需教现代化课程的教师，董阳泰让我教现代化管理课程。

1979年十届三中全会决定改革开放，这是改变中国命运的决定，也是我命运的转折点。

1980年8月。中央决定中国民航由空军管理改为直属国务院。我们民航人员脱下了军装。

这时党内开展整风。由于"文化大革命"，党内存在各种不良作风。尤其派性影响团结，当时行政领导权几乎由派性掌握。

中国民航学院的院长是莫及，党委书记扬伟，他们是红总派观点，他们利用权力将相同观点的人聚集起来，将赵致和由西北管理局调回院内。利用这些人打压过去反对他们的人。他们将我调出四中队指导员工作，计划让我做采购工作。经管系主任董阳泰认为我数学基础好，适合做现代化管理教师，将我调到经管系。当时管理系只有董阳泰，书记张炳如，教师有黄明衡、王锦章、黄再燧、甘王仙、吴文艺、冯国忠。

1980年上半年我给7907（财务专业），7908（运输专业）上线性规划（主要参考华罗庚著作《统筹方法平话及其补充》《优选法平话及补充》）。这是我在"文革"期间学习的内容，我认为这对专科学生来说是必须掌握的现代方法。

从1980年开始，国内讨论运筹学的应用问题。统筹方法是运筹学的一部分。我开始学习运筹学。1981年我给8007及8008班开设线性规划，它是运筹学的基础。1982年我给8107和8108班开设运筹学。当时国内还没有运筹学教材，我讲的内容都是我学习后认为是运筹学的重要内容。

编写教材。学生没有教材，对于掌握及应用运筹学带来极大不便。我从1983年开始编写运筹学教材。为了使学生学以致用，我收集运筹学在民航应用的案例，并编入教材中。1984年终于完成了《运筹学》编写任务。作为内部资料印发给学生。从1984年开始我就用我编写的教材给学生上课。

给民航领导干部培训班讲课。1981年民航总局给民航学院下达一个任务，办领导干部管理培训班，介绍现代管理知识。参加培训班的人员一般是民航管理局的正副局级领导。民航学院抽调宣传科科长王科士，管理系都业富、甘国材、刘茅伟，组成教学组。我们编写教材，采取讲解与讨论相结合的教学方式。我主要讲民用航空市场的概念、销售机票的方法、市场预测的基本方法。

这个培训班，每期3个月，共办了4期。

评上讲师。我1980年来经管系职称是助教。到1983年该评讲师了。国家从1983年开始停止评职称。原因是当时评职称混乱，需要整顿。直到1987年才恢复评职称。所以1987年我才评上讲师。

1986年9月我家由光复道一号楼三楼305搬到3号楼六楼605。运输教研室许多青年教师帮忙。搬到此不久我认识了电话4局的都局长，他帮我解决了安装电话问题。在此住期间，老赵任和平区人事局局长，许多人到我家送东西，求老赵办事，都被我们拒绝了。

1987年教师节，我被评为中国民航优秀教师。

当时我对现代化管理，一点无知，学习这方面知识是当务之急。我想法寻找学习机会，收集有关资料。

1980年一次我从报纸上看到天津五金工具公司总工魏大鹏从日本考察回来，要成立市场研究会的消息，我就报名参加了市场研究会。了解市场的概念，及市场在现代化管理中的地位作用。

1980年我在《天津日报》上看到1978年诺贝尔经济学获奖者美国赫佰特A西蒙访问天津大学的消息，我认为这是学习现代化管理的好机会，我和天津大学管理系联系，他们同意我参加西蒙访问活动。当时该系只有七八个教师。该系系主任相子刚教授主持这次访问活动。我听了西蒙的学术讲座。我特别关注其讲座关于管理部分，他提出管理就是决策。我感觉到现代化管理的核心问题就是管理者如何做出正确的决策。听西蒙的学术报告，对我学习研究中国民航现代化管理的影响非常大。

我找到了一份民航现代化管理的文章，关于法国巴黎机场业务量预测。我反复学习研究这篇文章，收获很大，对民航现代化管理入门了。原经管系副主任徐寿鹏调到中国民航总局财务司任总经济师，我经常联系他，民航有关现代化管理活动，我争取参加。

大约在1980年末，美国洛可希德公司来推销飞机，专家讲课，我参加了这次活动，真正学习了民航现代化管理的一些知识。

后来波音公司派一些专家来华推销飞机，进行一系列讲座，我有机会都参加了。从中学习民航现代化管理知识。

另外，我从民航总局科研所出版的内部参考资料中，寻找有关民航现代化管理的文章。我对新加坡航空公司的机队计划比较感兴趣。它的机队年轻，平均机龄只两三年。都是使用新飞机，飞机维修成本低。而当时中国民航使用的飞机机龄在10年以上，飞机维修工作量大，飞机维修成本高。

所以我对中国民航的现代化管理是从机队计划开始。

我的第一篇论文就是研究机队计划问题。

1982年我们一家4口到东北吉林省临江同我老父亲一起过春节。在回家路上在梅河口转车。当时我父亲患癌症。我看他一个人生活困难，我专门去临江将他接到天津，和我们一起住在天津市河北区光复道一号院305房间，到天津后，我经常领他去看病，他脸部嘴唇烂了，我经常帮他换药。他于1982年12月8日去世。我于1983年春节后，将他的骨灰盒和我母亲墓合葬。烧纸时，火光直上天空，他们非常高兴。

1983年，我对民航现代化管理活动的研究，引起国内一些单位重视，其中北京航空航天大学管理系主任顾昌耀，和青年教师李志东到民航专科学校找我谈一起合作问题，一是让我参加他们立的项目，我国东部交通战略问题，二是邀请我参加中国航空学会管理委员会。中国民航共有4人参加该会。我从1984年直到1999年参加该委员会活动，到长沙，贵州省安顺等开会。我和北京航空航天大学管理系关系很好，经常来往，后来李志东去美国定居，顾昌耀也于2000年去世。

1985年民航总局科教司副司长甫忠义立了一个项目：新疆民

航发展战略研究。我是该课题组成员。我们到新疆调研，我去过库尔勒，阿克苏等地到民航单位及地方政府收集有关资料，听取他们的意见。我记得住库尔勒市招待所，我住的房间，曾经是胡耀邦总书记访问时住的房间。我们到阿克苏市住在机场招待所。早晨起来我在机场跑道头锻炼，忽然从一家维吾尔族家里跑出一条狗直向我扑来，来势很猛，我蹲下做出打的动作，狗不敢靠近我，我吓了一身冷汗。然后我回招待所。

改革开放初期，我国民航主要从苏联及西方国家引进飞机。从苏联进口TU-154，从美国进口波音737。从发展情况看进口737越来越多。

一次国务院会议，李鹏总理问民航领导苏联TU-154飞机的价格每架飞机只有波音737的六分之一到七分之一，为什么还买波音飞机？

民航领导回答不上来！

民航总局科研处认为有必要立项研究这个问题。我听到这个消息后。感到民航有必要研究这个问题，我向学院科技处提出立项研究。当时科技处处长是张庆恩，副处长朱培昌，他们同民航总局科技处商量同意立《飞机选型》课题。此课题涉及飞机的先进性和经济的可行性。所以必须有各方面的专业教师参加。

经过协商课题组由下列人员组成：飞机机体有陈治怀、苏致国，发动机有常凯本，仪表及机上设备有蔡成仁，飞机航程业戴分析有付职忠，成本—经济分析有都业富，韩晓玲。韩晓玲课题组长由陈治怀担任。

经过一年多研究，发现进展缓慢，这个课题难度很大，组长必须有很强的协调能力和很强的专业知识。最后由原副院长朱邦旭担任。又经过半年多研究，课题的研究思路不明确。

课题组决定请波音公司来华讲飞机选型。

1987年5月波音公司派专家到民航学院给中国民航办班讲飞机选型课。参加学习的民航各个单位有30多人。

通过专家详细讲解，我们结合中国民航实际理出了课题研究思路：市场分析，备选机型，航班分析，成本分析，经济分析，飞机寿命周期经济分析，综合评价。

1989年管理系系主任董阳泰及其他一些两航起义的教师王锦章、黄明衡、甘玉仙、陈昆等退休了。这些两航人员为中国民航发展做出了卓越贡献。董陌泰退休后返聘到北京中国航空股份公司，后到该公司驻美国洛杉矶办事处工作，1994年辞职，1995年去世。

董阳泰退休后，马名时任系主任，我任运输教研室主任，直到2007年退休。

关于飞机造型，我们选择西北管理局作为案例研究。以波音757、TU-154为备选机型研究选型。在该公司副总经理曾晓仁、科教处赵飞虎的大力支持下，我们于1990年完成了课题研究任务。我们综合评价运用一个指标体系评价飞机选型结果：内部报酬率，静态回收期，动态回收期等。

内部报酬率是收入—成本，要扣除每年物价指数，要计算每年这个值，这个物价指数可以用国家公布的。也可以用公司设定的，可以认为公司可以实现的。如果用公司设定的。将寿命周期内。这项之和，就是内部报酬率。比较备选机型这个指标，数值大的为优。静态投资回收期，要计算备选机型的每年利润。物价指数是固定的。要计算各年利润之和。此和若等于飞机投资额，这个年数就是静态投资回收期。若每年物价指数是动态的，即变动的。这个年数就是动静回收期。无论是静态或者动态的。年数越小越好。

经过比较西北管理局选757比选Tu–154好。

1990年该课题被评为中国民航科学技术进步奖一等奖。

1991年此课题评为国家科技进步奖三等奖。

在获奖名单排序上，我是第二名。决定排序方法是课题组全体成员开会，根据贡献投票，投票结果第一名是朱邦旭，他是课题组长，第二名是我。

此课题研究成功还有一个重要原因，就是民航总局科技处苗长瑞的关心和指导。他将此课题作为试验田。经常到民航专科学校，了解课题进度，发现问题及时予以解决。

此课题的成功研制，在中国民航影响很大。许多单位要求和民航学院合作研究有关问题。

1992年民航发展很快。但是航空燃油供应告急，首都机场等大中型机场主要靠铁路运油。但是铁路运力有限。首都机场用油告急。民航油料公司申请立项，解决运油问题。民航学院、民航总局政策研究室主任刘功仕申请研究。最后两个单位进行答辩，最后专家组同意此课题由民航学院、中国油料公司合作研究。我代表民航大学参加答辩，研究方案由我提出。此课题组民航学院我，韩晓玲。油料公司有计划处邵处长，科员张洪义。

解决首都机场运油问题我们研究几个方案。用汽车、火车、管道运油。最方便可靠经济的方案是管道运油。采用分管理运油，该公司到天津、山东及江苏都联系过没有成功。我认为天津市塘沽到首都机场距离短，若建设管道运油是最好的方案。于是我直接到天津港管理局。在该局门口遇到一位同志我问计划处怎么走，刚好他就是计划处的。到计划处我将来意讲了。他听后很高兴，他说他们正在研究开发南疆码头。他说从南疆码头到首都机场建管道运油是可行的。我将此事向课题组汇报后，大家都同意此方案。由于课题组成员没有懂管道运输的，最后决定请廊坊的中国管道公司派人参加研究。该公司的专家勘测了该管道的实际线路及施工方案。

1989年6月1—2日，我在西安市西北航空公司调研，然后4日到济南民航机场调研，住该机场招待所。

此课题研究成功。获得1992年中国民航科学技术进步二等奖。此管道于20世纪末建成并投入使用，解决了首都机场供油问题。南疆码头运油站建成，由课题组成员张洪义负责，此项目经济效益非常好，经过三年运营，到2000年已经将投资收回。

飞机选型的研究成果.得到广泛推广及应用。例如北京航空公司（筹备）的飞机选型；成都到拉萨航线的飞机选型；民航新疆管理局的飞机选型。

评副教授的风波。1992年民航学院评职称，给管理学院一个副教授名额。管理学院因申请人员多，其领导为难。其院长马名时认为应当将此名额给年纪大的讲师，给汪志远或者给骆宗仁，而多数人不同意这个意见，应当给贡献大的讲师。最后学院全体人员投票，汪志远，骆宗仁，都业富，哪个票数多，就报哪一个。最后我胜出。最终我评上了副教授。

青年教师离校风波。从改革开放以来，民航发展很快，成立许多新的航空公司，例如海南航空公司、厦门航空公司、云南航空公司等。这些航空公司缺乏管理人才。这对民航学院的管理学院的青年教师很有吸引力，纷纷要求离校到企业任职。开始走了几个后引起动荡，校领导到管理学院做青年教师思想工作。仍禁止不了走人势头。走人最多的是运输管理教研室。例如杜小平、马广玲、李强去了海南航空公司，朱逸民去了厦门航空公司，肖顺喜去了东方航空公司，樊力中去了云南航空公司。郭晋勇去北京鸿运货运公司。

享受国务院特殊津贴。1993年经国务院批准，我享受国务院政府特殊津贴，而且是一等，每月补助100元。二等每月补助50元。

我在飞机选型的研究成果的基础上，研究航空公司的机队规划。1993年研究北方航空公司的机队规划。该公司计划处长张飞参加研究。经过对沈阳、长春、大连分公司的调查，主要航线业务量预测，使用机型成本分析，发现A300飞机不适合该公司使用。该公司退掉了3架预订的飞机，避免了重大损失。A300飞机引进没有进行科学论证，看到其他航空公司都使用大飞机，我们为什么不可以使用大飞机，盲目引进了该机型。

创办航空服务办事处。1994年，各个航空公司纷纷办理售票代理业务。代理一张客票的服务费用按票价的5%计算，办理国际一张客票其代理服务费用按票价的7%计算。代理服务非常吸引人。

退休教师宋玉波（院长莫及的夫人）找到我，想从事这项工作。她知道我在民航的影响。我到民航华北管理局了解此项业务。一个我所在管理学院毕业的宋××她向我介绍天津代理人情况。共两家，一是中国民航服务公司天津分公司。另一个是天津市政府外事处。我到中国民航服务公司商讨此事，他们同意在天津有客人订票，可以由我们到北京代办，他们给代理服务费。宋玉波办了几笔代理业务，觉得不方便，能不能我们自己直接办代理业务？于是我又去民航华北管理局申请代理业务。他们同意，但必须有营业地点和专业的从业人员。原管理系党支部书记耿学武的哥哥耿学文在天津市交通委员会任副主任，经耿学武介绍我找到了耿学文，关于找营业地址。他建议我到东马路天津联合运输公司，找总经理王军解决这个问题。我找到王军，他说在东马路有一个门市。过去是海运的代办处，现在归我们管，空闲，你们可以在那营业。关于营业人员，民航学院有许多退休教师，民航华北管理局根据我介绍的情况，同意我们办理业务。

从1994年开始，机票代理业务就正式开始了。因为我是在岗老师，不能从事此项业务，就由退休教师王铁城、黄明衡、宋玉波、周立谭、周瑞琏等人从事这项业务。

由专科教育转为本科教育。1995年以前，管理学院从事财务及运输两个专业的专科三年教育，由于民航发展需要及我和真他老师的科研成果，学校决定这两个专业转为四年本科教育。

1996年11月我跟随二十多位民航省、区管理局领导到何兰姆斯特丹斯基辅机场参加机场高级管理培训班，在比利时首都布鲁塞尔住一个晚上，

晚上我们到市区转了一圈。到二次世界大战时，比利时小孩尿尿将德国法西斯计划炸城市的炸药的导线弄断，挽救了该市，我们找到了此小孩尿尿的地方。

共培训20天，我们住在机场和该市中央火车站之间一座汽车旅馆里，在机场里上课。由机场高级管理人员讲课。

吃饭是中餐。管理当局从鹿特丹请来做中餐的师傅，业余时间我们经常坐火车到市内玩。

在民航管理学院论证成立青年管理训练班（太简称中青班）。根据中央指示，加强管理，培养青年管理人员，各部门选拔优秀青年干部，对他们集中时间进行培训。中国民航总局1995年在民航管理学院举行论证会，研究民航设立青年干部培训班的可能性。我参加了这个会议。我积极主张办这个班。会议一致同意在中国民航办班，培养民航管理人才。会议还讨论了这个班开设哪些课程及任课教师。我被确定为民航经济分析课程任课教师。从1995年开始我在民航管理学院讲这门课。我根据教学经验，收集国内外案例，理论和实际编写讲义。一年办一次，此课程很受学员的欢迎，直到2004年我住院为止。1995年第一期学

员，有的后来成为民航总局副局长。例如新疆管理局空中交通管理处处长王昌顺，内蒙古自治区乌兰浩特航站站长董志毅。

编写民航职称考试教材。1994年人事部要求全国初中级人员进行业务考试，考试合格者给予中级与初级职称。

1995年5月民航学院院长，党委书记是杨国庆，副院长是吴桐水。他俩是从南京航空航天大学调来的。吴副院长抓管理学院，他非常重视科研，专门找我了解民航科研情况。他想搞好科研。我和西北航空公司副总经理曾晓仁联系.确定一个横向项目：西北航空公司经济效益研究，吴桐水为课题组长。该公司科教处处长赵飞虎参加，民航学院管理学院的都业富、张晓泉、李晓军等参加。此课题大约在1998年结题，被评为民航科技进步三等奖。

1996年8月30日我家由河北区光复道一号院3号楼605搬到南开区王顶堤金厦里7号楼2门101房间。

1996年我申报了一个课题，即航空公司成本研究。选新疆航空公司为研究对象。该公司计划处田风和处长，钟晓云，财务处处长陈立宏等，民航学院刘敏、干立君、赵风彩等参加。在利用几年各单位成本统计的基础上，制定各个单位控制成本的标准。我们到库尔勒、阿克苏、喀什、阿尔泰调研。还到天池玩，受到新疆工商银行邀请，公司陈立宏，我和刘敏到天池住一个晚上，他们杀的羊，烤羊肉串。因为该银行和新疆航空公司有业务关系，才有此活动。大约在1999年陈立宏一家，田处长和他爱人、我和老赵、刘敏和她的女儿到那提旅游，我们在那住了一个晚上。我们还到边境口岸转了一圈。我、赵凤彩、钟晓云到阿尔泰调研，我和赵凤采还骑马照相。

2000年我、于立君随新疆航空公司一些技术人员（飞行员，机务维修骨干）钟晓云到俄罗斯考察。航班飞到莫斯科机场，我们住在莫斯科郊外，中国民航航材公司驻俄罗斯办公地。先到早莫斯科市伊笛申设计局讨论伊尔86使用上的一些技术问题，然后乘飞机到伊尔86厂家。飞行一个多小时，该厂家在莫斯科西南方，是一个边境城市，我们住在该厂招待所，我住在总统套间。该套间设施非常完善。该厂领导热情招待我们。吃上了俄罗斯牛排。我们参观了该厂正在组装的飞机。开了一个座谈会，讨论有关维修技术问题。我们还到附近一条河流，在河上划船，到岸边玩。此后我们到伊尔86的发动机厂参观。在贝尔姆市。从飞机制造厂到贝尔姆，有一个多小时飞行距离。在贝尔姆市山坡上一

参观发动机厂要求非常严格。不准带照相设备，穿该厂的衣服、鞋，不准手摸发动机。我们参观设计室，设计人员讲，他们使用的软件是中国研制的。他们说参观要求严格怕泄密。这是他们跟英国发动机制造厂学的。参观者穿的鞋是特制的，穿上它带不走金属粉末。

这次去俄罗斯考察，途经新西伯利亚。在该市上空飞机飞行时正赶上空中有雷声。打雷时在地面上看到一条线发光，在空中看到的是两层云间电火花上下移动。

2000年，我患病住院。首先过春节打扫卫生。当时在和平区蛇道同发里4号楼8门401房间，我和老赵打扫屋内卫生后，我拿

门口的垫子到外面院子打扫，没打完灰尘我耳朵鸣起来，从此患上了耳鸣症，至今21年了也没好。

当年10月一天，我中风了。眼睛斜嘴歪。老赵陪我到市一中心医院治疗。我住院了。进行中西医结合治疗。我住院期间，副院长吴桐水及管理学院的教师来医院看我。住一周院，眼斜嘴歪也没好，就这样在11月份我还给学生讲课。

附件三　都业富再写回忆录

再写回忆录

我父亲生于1915年，他年轻时，一次被胡子抓到了，绑在车上，他趁胡子不注意下车跑了，胡子追没有追上他。1946年临江解放时他沿着壕沟，给解放军送给养。他后来参加临江林业局工作，在深山老林伐木头，他工作积极，加入了中国共产党，他获得多次劳动模范称号。他对我说采木工人的组成很复杂，有的是胡子，有的是国民党的兵。

关于董阳泰。他是两航起义人员。1929年生人。工作积极，是共产党员，他从事财务工作，曾经是财务科科长。他和我关系很好，他帮我很大忙。

1969年9月，我叔叔都云颈部长了一个瘤，从东北来天津找我治病，就是他帮忙，他认识天津人民医院副院长王修宇，该医院有一位全国有名的治癌专家金显宅，是金显宅给我叔叔治的病。1976年我父亲患癌症，来天津治病，也是通过董阳泰、王修宇找该医院肿瘤专家李树林给我父亲治病。教导队恢复中国民航专科学校后，他被任命为管理系主任。

关于编写初、中级职称考试教材。中国民航总局接到人事部通知后，将此任务交给中国民航学院，学院抽调经管系马名时、朱佩和都业富参加编写工作。中国民航总局由科教司人事处党扣负责。1994年9月，党扣领着我们3人到黄山开编写会议。这是我第一次去黄山。我们住在黄山下面一家旅馆里。开完会到黄山旅游。黄山风景非常吸引人，尤其攀登黄山第一高峰——莲花峰，特别艰难，要爬行钻山洞，到了山顶，天地相连，山顶上称为鲤鱼背，特别惊险，只有一条小道，小道两旁用铁链连着。

在黄山我第一次吃猕猴桃。

民航职称给考试初级和中级分两册出版。这两册的基础理论部分都是由我编写的。

参加民航职称考试命题组。从1995年开始，我参加了由人事部组织的职称考试命题。命题组由朱佩、我、有时是孔令宇，有时是李晓军参加。命题由基础部分和专业部分组成，基础部分分单选题、多选题及计标题，专业部分也同样分三种题型。初级一套，中级一套。先出一套草稿然后交由人事部组织的专家组专门审查，发现问题进行修改，直到审查合格，命题才结束，然后由人事部印刷和组织考试。我参加命题工作直到2004年。

组建中国民航航空运输经济和管理科学研究基地。2001年杨国庆由中国民航学院院长调到中国民航总局任副局长，他分管机场和科技教育。他提出中国民航要建一些研究基地。民航学院计划要建三个研究基地：机场地面设备，航空运输经济与管理科学，空中交通管理。机场地面设备研究基地由王立文负责；航空运输经济与管理科学研究基地由民航学院院长吴桐水负责，建设方案与可行性论证由我负责；空中交通管理研究基地由民航学院副院长徐肖豪负责。

我写可行性论证方案，展示近几年我们研究的成果。现有的与未来研究人员，未来研究的一些课题与实验室建设。

中国民航总局科学技术委员会召开会议研讨各个基地的方案。我们的方案获得了通过。获得通过的基地中国民航总局下达了通知及预算。我们基地获得300多万投资。我们基地主任是吴桐水，我是副主任负责基地日常工作。我们将总局的投资主要用于仿真实验室建设。此实验室位于南院4号楼6楼。

2006年总局专家到各个研究基地验收建设情况。我们基地获得通过。

2004年我成为中国运筹学会理事。2004年10月中国运筹学年会在青岛大学举行，我和吴桐水被选为中国运筹学会理事。

2004年住院治疗小脑肿瘤。当年9月我右脸嘴部疼痛。到环湖医院检查发现头的右部小脑有个瘤。医生说在小脑长瘤的人很少，十万分之一，也就是说十万个人中只有一个人患此病。需要手术。因为要出席青岛大学会议，推迟了手术时间。10月末我住院准备做手术。老赵通过天津医科大学总医院图书馆小部认识环湖医院专家黄楹，是他给我做的手术。2017年8月初老赵在琴海公寓7号楼2单元101房间告诉我，手术只做98%。因为神经系统复杂。在我住院期间都军、邢莉经常去看我。吴桐水及管理学院许多老师看我。

出院后，尽管我眼斜嘴歪，但我还是坚持上课。

成立天津市运筹学学会。我经常去天津大学管理学院，与运筹学教授吴育华很熟。他是国运筹学会的理事。他提出在天津市成立运筹学学会的设想。天津大学、民航学院为发起单位。让我筹办此事。我与吴桐水院长商量此事，吴同意，于是我开始筹划此事。我先到天津市社会组织处（在和平区西康路上），了解需要办理学会的手续，后到天津市科学技术协会学会处了解天津市学会的情况，及成立学会后如何管理。该处对下属的学会一年进行一次年检。

我再次去天津市社会组织处，负责人告诉我南开大学也申请成立运筹学学会，让我到南开大学商量合办。我找到南开大学陈秋双教授商议此事。最后她同意联合成立运筹学学会。学会领导人：天大吴育华为会长，中国民航大学校长吴桐水及南大陈秋双为副会长，我为秘书长。注册资金3万元由中航大负责解决。

天津市运筹学学会于2005年在中航大召开成立大会。

2005年国家发改委召开民航机场发展会议，我也参加了，在此会议上，我认识了李大立。她是1935年生人。原是长安航空公司总经理，当时是中国通用航空信息研究所。她参加民航机场发展规划。在此会议休息期间她找到我，商议西藏民航发展战略研究，参加商议的还有北京航空航天大学张宁教授、南京航空航天大学朱金福教授。商议结果，四方组成课题组同西藏民航管理局一起研究此课题。我同我的研究生宗苏宁、小翁参加西藏民航市场发展预测部分，李大立等人同西藏军区合作，研究军用机场与民用机场布局，考虑印度军用机场布局，以有利于我国军事力量。此课题于2008年结束，获得2008年中国民航科学技术进步二等奖。

杨国庆2001年调到民航总局任副局长，2002年成立职称评审委员会，可认评正教授及正高级工程师。我被聘为该委员会委员。该年第一次评审在国航总部举行。评审委员会由中国民航飞行学院游副院长负责。评审前，杨副局长在国航总部旁一家餐厅请委员吃饭，我第一次吃到鱼，过去常听说香港人吃内地运去的鲍鱼。这次评审管理组只有我与吴桐水。这次解决了中国民航大学一个难题。原来理学院穆德一，两次在天津评教授，均没评上，原因天津师大一个评委对他论文有意见。我对民航大学人事处副处长穆玲说，将他评审材料送民航总局，在总局评。结果他被评上了教授。我在该委员会任委员3届（到2004年）。

我被中国民航总局聘为特聘专家。2005年中国民航总局决定在民航各个领域挑选优秀人才，作为中国民航总局第一批特聘专家，共12人，中国民航大学特聘专家共3人：都业富、吴仁彪、王立文，任期4年。

附件四　都业富的日记随笔（原版手稿）

2004年10月19日于青岛（空军干休所）

2000年以前，总体看身体是健康的，困扰我的，时常为牙痛，随着牙根的坏死，我逐步拔掉一些牙。

最初是大门牙坏死，20世纪70年代在杭州出差，吃排骨时，此牙断开，掉下一大块，后来我镶上了半个，过了十几年，此牙已经保留不住。然后靠右边的上牙也坏死，有时牙痛得非常厉害。我记得左边靠鼻子的上犬牙有时痛得左边嘴都肿了，我下决心拔牙，拔后左边脸就不肿了，就这样，还保留八颗牙。

校医院唐大夫对我十分关照，镶上了假牙，从2000年以来，牙总算不找我麻烦了。

问题发生在2000年1月24日，这天我在家打扫卫生，这天是放假第一天（寒假），屋内打扫完后，我到外面打身上的土，身上有点微汗，外面有点小风，突然右耳耳鸣，吱吱地叫，过去时有发生，但过一会儿就正常了，这次叫了之后，就没有停过。

对于耳鸣，我心里有些紧张，我知道没有什么好办法去治，但我没有想，为什么会突然耳鸣！后来我还是去积极治疗。2000年至2001年9月，没有变化，身体总的来看是正常的。我对身体不是很注意的，总觉得没有什么。就是在这种不在乎的情况下，工作忙，紧张，使身体透支，我自己不注意，体内逐渐变化。

主要是2000年7—10月，因课题等原因事太多，2000年6月底，新疆航空公司对ic-96要进行调研，决定是否要买。因为ic-86要退役，当时公司一部分人主张买ic-96，另一部分人反对。这样我随该公司一个访问团到俄罗斯访问，去半个月左右，回国后整理资料，分析研究写报告，我和于丽君到该公司工作一段，回天津又研究一段，研究完后，当年8—9月，到该公司汇报。这3—7个月虽然课题做完了，但太紧张了。2000年10月我和我爱人又到新疆过了一个国庆，也就是说几个月时间来回新疆多次，虽然乘飞机，但过于辛苦，就是到俄罗斯，也是一直奔波，从莫斯科到南部城市，又从南部到中部（贝尔姆）。

在这样紧张的工作中，我没有关注身体情况。

2004年10月20日上午10时

于青岛市南区台北路，济空干部疗养所招待所二楼206。

参加的人约有一半到日照旅游去了，我下午2时50分乘飞机返津而没去，回顾病情。

2001年科研、教学活动也是比较多，当年约7月27—28日到西芷去，办了一个培训班。另外学院与民航西芷区为签一个协议长期培训干部，在西芷期间我身体比较好，只是在羊湖边走步时，蹲下后，再起来较困难，头有点晕的感觉，但一会儿就好了，这次西芷之行是顺利的。

8月十几号我去了一次新疆，也是顺利的，身体正常。

9月9日～13日又去一次新疆，参加总局召开的软科学座谈会，正赶上美国"9·11"事件，通过电视基本看到了事件的经过，尤其双子塔楼被炸过程，这是香港卫视播放的。这次新疆之行，身体也没有反应。"十一"长假，我、我的爱人等也是在新疆过的，当时身体也是很好。

问题，10月二十几号，心情烦躁，10月31日下班后，吃了饭，觉得心烦，有闷热的感觉，我到康复花园内转了一圈，正值外面有小风，心情好了一点，回家睡觉。第二天起床，一照镜子不得了，发现左脸左眼斜、嘴歪了，我爱人马上领我到第一中心医院，看的内科。李大夫断定，我中风了，面部瘫痪，住了8天院，出院后继续针灸，经过一个多月治疗，痊愈了。

非常巧的是我住院的2001年11月1日是医疗保险启用的第一天。这次病，我认为是多次远程出差，身体产生了病变，导致中风，此病好了后，我又不注意身体了。

2004年4月至5月，在SARS流行期间，我并没有什么感觉。

但6月3—4日，我觉得舌头靠右侧有一小块地方发麻，这时我才引起重视。6月8日，我到南开中医医院检查，血压高，我怀疑是血压高引起的，又做了验血，发现血糖高，9多一些，血脂偏高，血流便有毛病，医生怀疑，有血栓，舌头麻与血栓有关。李大夫决定给我输液，用血塞通，输了十次没有明显改变，又加了五支。到了7月二十几号，我觉得脸的右部有麻的感觉，觉得有一阵阵凉意。

8月6日去的加拿大，在加期间，我几乎每天去锻炼，但感到身体有些疲倦，而脸右部麻的感觉日趋重了，而且右耳部也有麻的感觉，觉得右眼睫毛，老是上、下睫毛打架，有"刺痛"。而舌头不仅麻，有时吃东西还觉得痛。这段时间我意识到是否脸的右部面瘫？因此我9月6日感到非常好，9月8日我就到第一中心医院，找周国良大夫针灸。他给我扎十次没有好转，主要是治舌头麻，脸的右部麻。又扎5次，一点没有好转的意思，他与郑大夫也是想了很多办法，找、扎不少空位，没用。而且我觉得很痛，到2003年12月中旬，我就不治了，可能不是面瘫。

此后，我的目标转向治高血压，我认为舌头麻是它引起的。一是吃药（复方降压片），二是锻炼。我看了一些资料，通过锻炼可治高血压，经过几个月的实践，舌头、脸的右部麻没有好，但也没有发展、变坏，我并没有想起其他治疗途径与方法，自己意识也有点麻痹。

2004年国庆七天假，我下决心好好调整身体，哪里也不去，计划天天去水上公园锻炼。10月1—4日我天天去跑步，10月4日我感觉有些晕，一量血压，196/100，顿时我有些紧张，光锻炼也不行。当然我不是天天吃复方降压片，我感到药是不能多吃的，吃多了没有抵抗力，身体具有抗药性。

我往返青岛均乘海航的Donell-328，此飞机32座，空间小，飞行时间740公里，从青岛到渤海湾14—18分钟，其余均在海上飞行，此航班执行武汉—天津—青岛。

从流亭机场［外形像贝壳（5个1）］到青岛大学53元。

青岛大学在一个山脚下，是四所院校合在一起。青岛大学国际学术交流中心，设施很好，每个房间200元。条件不错，我将该大学逛了几次，什么人文学院、外语系（日、英、德等语种）。

该大学坐落在宁夏路308号，我走香港中路，其校南向跑道均为台湾地区市、县命名。

该市处于丘陵地区，高低起伏不平，几乎看不到自行车。

我的住地离该大学10分钟，旁边为海都酒店。（注：第4页为第3页和第5页内容的插入页）

比较好，防止中风。我记得2003年9月8—9日第一中心医院的郑大夫说，脸的左部患面瘫，脸的右部也易面瘫。所以我决心用降压避风片，可是南开中医院陈大夫说，此药一般，还是他们医院制造的降压药好。我听他的吃了几次效果不明显，我还是到药店买了降压避风片服用。我下决心国庆长假后，到学院医院，让唐大夫看了。

因为脸的右部麻，各种治疗都不见效，我也很长时间怀疑是否又是牙周的问题，是牙周压迫神经致使发麻。

由于国庆上班后一直忙，10月11日中央电视台新闻会客厅来专访。12日科技处学术会议评职称，13日学院学术委员会评职称，在13日下午4—5时，我觉得难受，尤其是脸的右部。

14日我让唐大夫看了，他说牙不会使脸的右部发麻，朱大夫量血压，偏高178/100，她建议我到环湖医院检查。

14日下午我到该医院，我看的专家门诊，姬玉章大夫给看的。我说病情后，他分析两种可能：一是糖尿病并发症，二是脑部神经，决定做磁共振检查。

15日晨抽血，他15日下午不在。16日8时我去医院，姬大夫看磁共振片子说，我脑部长了一个良性瘤，我当时心情复杂，一是吃惊，我脑部怎么会长瘤，二是高兴，找到了病根，是此病压缩神经引起麻。我也同时有些放心了，经过一年多的折磨，终于找到病因。

看来做手术是不可避免的，但短期不会有什么变化，所以我下决心16日13时20分去青岛开会不变，若我不去，民航学院的理事就没有了，中国运筹学会讲，有理事的必须参加会。这个理事太重要了，因天津市运筹学学会马上要成立，秘书处设在民航学院，民航学院在中国运筹学学会没有理事，这是不可思议的。我觉得我来青岛是正确的，一是中国民航学院理事问题，这次选举（全国运筹学会第七届代表大会）共选出107名理事，吴院长和我均当选为理事，事实就是这样，候选理事没到的不选，原来119名候选理事，只13人没到，不选。二是结识了运筹界同仁，为研究航空运输运筹学的研究联系人才，尤其发现中科院数学与系统科学研究院的刘德刚、韩继业、崔晋川等人都从事过国航、首都机场的课题研究。

从上述回顾，我发现，光锻炼还不行，找到病因是非常困难的。

10月20日下午4:00回到民航学院，我将一套论文交给万兴华（周三）。

10月21日去学院，22日我爱人陪我到同安道红太阳食疗中心，赵大夫接待。一量血糖16（早晨吃一个馒头），她开了一些食疗方案。上午我回到了民航学院，吴院长还没从法国回来，我想向他禀报一下病情，主要是脸部良性瘤。

10月23日—25日，三天我服从我爱人的安排食疗（正赶上这三天是周六、周日、周一）。

10月25日，赵让再吃四天后，再检查

10月26日，上午去食疗中心，验血糖为9.7，下降很明显。与边魏联系CPLEX软件之事，因为电话已批复，我思考本周六或办开成立，并同吴香华商量。后去学院，晚五点开8个课题组委会，我向院长禀报了病情。

10月27日，上午我去天津市社会团体管理局，修改章程取筹备天津市运筹学学院的批复，没去学院。批复说6个月内有效，决定推迟成立。

10月28日，上午去学院，将开成立大会的程序与孙继湖交代有关工作（抓课题小王之事，明年联合基金立项等），与韩明亮、朱沛商量报奖之事。

我血糖高，但不饿，其他糖尿病的症状没有，到底是什么问题？

10月26我让赵大夫量血压，160/90，还是高，这可能是和我吃降压避风片少有关。

从青岛回来后，觉得两个眼眉中的空位不痛了。

三天食疗不敢吃水果、肉等，这几天吃少量牛肉、鱼和猕猴桃。

在我去青岛开会期间，我爱人通过总医院小张，认识环湖医院的图书馆长，再认识脑外科黄大夫（博士），他应诺予以做手术，但本月（10月25—31日）他出差，等他回来做手术。

10月30日经过第二次4天食疗，到同字道红太阳食疗中心去测血糖，餐后为7.1，已转化为正常。

从10月23日—30日经过7天食疗，血糖由16、9.7到7.1，效果明显。这为我做手术做好了准备，还需要食疗一周，现在一天可以吃3个水果了。

在一周食疗期间，主要感到不饿，食欲不强，我像吃"药"一样吃饭，因为营养必须跟上才行。

但在食疗期间另一个问题，血压高，不稳定，问题在高压上，175、170、160、150，而低压还可以。实际上我也吃降压药，自从10月16日至今我吃降压避风片，吃后，反胃，效果不好。

从10月30日起，我改为吃复方降压片。

食疗主要是改变生活方式，我理解，其生活方式之一是饭后要活动，不能马上睡觉。

但往往吃完晚饭，晚8点左右就想睡觉，睡也睡不好。睡一觉到12点、1点左右就醒了，再入睡就难，费半天劲才能入睡。

最近几天我练气功（静功），入静，通过体内自我调节，使体内各系统协调。

2014年11月2日又住院了

11月2日8:35，我爱人陪我到环湖医院，直接到十四病区主任办公室，与黄大夫（黄盈）见面，简单聊了一下，他说，他们研究过我的情况，采用国际上先进技术，良性瘤不是全部切除，而是大部分切除，神经线与瘤是你中有我，我中有你，若瘤子全部切除，造成眼斜歪嘴，切完后需要放疗，立体式从不同角度集中到一点，烤冷面。他说口子有二雨（两厘米），在耳朵后面做。

他开了住院单，都军也请假来了，原住十四病区12床，后医方说12床已有人，这样就没有床了，护士长动员一个韩国人让出一张床即21床。让都军上班。

下午3时45分左右到了医院，住305房间（三楼，即门诊楼），该医院都是二人一屋，我住的305、21床，另一个22床韩国人。他已将21床小床柜，壁橱收拾干净，305房间不错，有电视、卫生间。

快5点，一个马姓大夫问我的病情，查看眼底，检查身体各部分反应等。

护士查房，我的体温37℃，血压141/74。

晚上都军和邢莉来了。

晚8点20分，我爱人及都军、邢莉走了。

我在9时左右给孙继湖打了电话，告诉我住院情况，预计下周二做手术。

从马大夫谈论中得知，黄大夫外出开会，现在有4个病人等待手术，一个小孩住院11天了。

晚上睡觉还可以，就是有汽车噪声。

11月3日清晨6时，护士来抽血，后来量体温，36.3℃。

早晨后，8时20分左右，一个护士李姐领着我（我爱人陪着）做一些检查，动态心电图，脑干功能检查（含听力）、胸片，头片（均是X光），CT检查，正准备做核磁共振。

早晨抽血，护士带一个小医生，说我的静脉清晰，小医生抽的血。在做胸片检查时，我爱人感到不太好，做完后让她躺在我床上。

快11时，我打电话给王立文处长，考虑做手术后，全程护理时得有人管，全程护理（RSU）72小时，观察术后的反应。

这个概念是上午从环湖医院出来，到院图书馆于馆长处说：黄大夫年轻有为，他是该院三个很有名气的大夫之一，一个是副院长，一个是他，他最年轻，没结婚，他医德好，是直读博士，外语非常好，能直接阅读不同辞典。

11月3日上午11时多一点周丽莉来电话。

也就这时量血压129/74，体温36.3℃

我爱人回王顶堤找上次核磁共振的提取单子。经我回忆，她打电话告诉我，找到了。下午1：30再做核磁共振。

3日下午2时左右张军、李鹤、陈俣秀和朱新华来看我，正赶上我做磁共振（增强型），与一般磁共振区别，是做的时间长，需要抽血（左手）打针。

晚上6时20分左右朱沛、章连标、周丽莉和孙继湖看我。

11月2日结账150元。

11月4日

空腹，8时20分做超声检查，总体情况不错，查出左肾有点水泡，医生说不是问题，前列腺有些增生，这是老年病，医生说我身体好。

8时50分，查房医生有马大夫等，说我血糖高，要将血糖降下后才能做手术，否则有危险，一个女大夫说让我打胰岛素，一天三次，每次饭前，看有什么反应。

昨天做的脑干听力检验结果是左耳正常，右耳听力有问题，检验结果说术后再检验。

我爱人找黄大夫，黄说打胰岛素是他的意见。

马大夫说，将我安排在下周前半周做手术。

2004年10月15日天津市环湖医院

MR检查报告单

影像号：P0010853 检查日期：2004.10.14

检查号：A0014289

检查名称：头颅平扫

检查技术：SE、FSE、FLAIR

检查所见：

右侧桥小脑角区可见一异常信号影，病形态不规则，TIWI呈低信号，其内可见点状稍高信号，T2WI呈高信号，DWI呈低信号，信号强度欠均匀，边界清晰，病灶大小为22.1×35.7×30（mm）。周围无明显水肿，占位征象不明显，相邻脑室受压。中线结构未见移位。

余脑质信号未见明显异常，脑池、脑沟、脑裂略显增宽。影像内容：

右侧桥小脑角区异常信号，建议增强检查；

轻度脑萎缩。

建议结合临床。

天津环湖医院

MR检查报告单

影像号：P0010853　检查日期：2004.11.03

检查号：A0016817

住院号：146390十四病区

检查名称：头颅强化

检查技术：SE

矢、寇、轴

检查所见：患者前次MRI示右侧COA囊实性占位，此次行增强检查，静注GD－DTPA后示病变呈明显强化改变，增强信号强度不均匀，囊变区未见强化，病灶边界清晰，大小约为23×34×30（mm）。右侧桥臂及右侧小脑可见受压。

余同前。

影像：

右侧CPA听神经鞘瘤；

轻度脑萎缩。

11月4日发了11月3日账单2900多元。

上午11时许，冯敏、张明凤来看我。

下午2时许，谢泗新带涂润及一研究生看我。

稍后华克强、高净、李辰阳看我。

医生说我血糖7多，不能做手术，决定每餐前30分钟打胰岛素，看我的胰岛素反应强不强烈，若反应强烈就可做手术，今天邢莉妈打电话要来看我，晚上都军、邢莉来。

11月5日发账单360元，4日、5日蔡武君来看我，并送东西。

彩色多普勒超声心动图

左房增大

左宫舒张功能减低

空间隔及左宫后壁心肌厚度正常

宫壁运动未见异常，各瓣膜结构未见异常

Doppler二尖瓣血流频谱A/E＞1

今晨抽血，并从今天起吃复方降压片，一次一片，一天3次。

张军今天下午2时多来。

今天血压142/74。

现在关键看血糖。

马大夫说，下周前半周可做，我排队快到了。

今天十四病区3个小组同时做手术，殷大夫小组晚8—11时还给一个大学生做手术。

黄大夫不到下午5点就走了，在其主任办公室门前遇到他，我问血糖对手术的影响，他说只要对胰岛素有强烈反应就可以，其他问题均不受影响。

11月5日共花394.81元，主要是彩色多普勒超声心动图花

250元。

11月5日十四病区最忙，手术多，进院、出院多。

11月4日，一位做过手术的大胖子说，手术没事，头天不能吃喝，口干用棉花球蘸水放在嘴唇（在监护室）。

11月6日

昨晚睡得比较好，量体温在6时30分，体温36.2℃。

还是餐前打胰岛素。

吃复方降压片1片/1次。

量血压134/74。

今天十四病区比较冷清，今天不做手术，医生休息。

今天牟德一、李志强看我，牟说他的材料已送到管理干部学院，下周可能评。

今天护士告诉我，从下午起，每次打胰岛素为4个单位，比原来增加2个单位。

每晚上8点打等。

我问主任值班室里的孙大夫（女的）为什么加量，她说，我两次化验的血糖都高了，从7.1升到7.6，所以加量。

而早餐（7:30—8:00）后我与爱人步行到金太阳食疗中心，约9:45测血糖为6.2，而正常为（4.4～8），完全处于正常状态，我问赵大夫餐后正常，是否意味餐前也正常，她说是。

显然食疗的结论与环湖医院的验血糖结果不一致。

晚上，我与老赵商量，食疗暂停，服从环湖医院医治，今天刘春杰、张玉娟、小丁（我爱人的同事）来看我。

牟德一、李志强来看我。

都军、邢莉及邢莉的父母来看我。

其后，小萍及小刘来看我，她在11月1日因工伤左手受伤，到总医院缝合。

11月7日今天立冬17℃

早晨我见孙大夫，我问为什么打胰岛素血糖上升了，他说过一段就好了，我问是个人或者是一般现象，她说不是个别现象。

昨天晚上，我想若血糖不正常，我就出院，到院外调理，到血糖正常后，我再住院治疗，这种不影响工作，或等到春节后做手术。

昨天，刘春杰等人说，人防一人由于血糖高，结果伤口合不上，又二次手术，今天没有抽血。

前天（11月5日）护士说少三个体温计。

今天韩国人赵永正出院。我住院时因没床，他发扬助人精神，将305房间两张床的其中之一让出。他包的床，其爱人住此床，我来后其爱人住22床的地面休息。

从11月2日到11月6日，我们住在一个房间，我住21床。11月3日，他的女儿从韩国来看他，每天总有不少人来看望他，来人多数带花、水果和营养品。屋内总是人丁旺盛，中午我得不到休息。

后来另一个女儿也来看他，他共三个孩子，一个大女儿，老二、老三是双胞胎，长得非常像，有两个我国朝鲜族女士做翻译，一个男士姓李朝鲜族人（中国人）与他一起做服装生意，这三个中国人是从东北黑龙江省来打工的。看来，都不错，他们在东丽区，张贵庄附近，赵永正住张贵庄，他们做服装，出口中东地区，今年生意不太好，订单少。

赵是10月21日住院，10月22日做手术，术后他觉得痛，11月5日做造影（从大腿动脉钻一个孔，顺着血查，看有无血栓）。

其夫人对他特别好，我们相处得也好，他给我们栗子、哈密瓜，我们在他们没吃饭时给他们牛肉饼，我爱人两次早点买茶鸡蛋给他们。今天下午他们终于走了，赵永正今年48岁，他好从某企业分离出来，中国人蔡女士和中国人李君杰辅助他成立一个企业，从来的人看，赵对其属下，他不下床，若是其上司、竞争对手，他都下床，极为热情。

十四病区，主任医师是黄楹（颅底科）。其下属副主任医师，一个叫孙梅，另一个是护士长王涉元。

韩走得很不顺利，6日下午殷大夫通知他办出院，到6日，他们做好走的准备，但护士不让走，说医生没签字。等到下午3时，他的医生也没露，他们强制性走，护士不让走，最后与十四病区协商，写了一个出院申请才走了。

这说明院后管理工作，医生职责确实存在问题。

6日给我量血压，上午10时左右量一次，但下午2时就来量。

血压102/54，很不准确。

韩国人非常讲礼貌。

今天从中午起，胰岛素为6个单位，晚上也是6个单位，量由

2单位→4单位→6单位，逐步加量，晚上8点仍然打一针诺和灵。

护士告诉我明天早晨抽血。

希望9日能做手术，9-10-11在监护室

下午4时，都军、邢莉来

张军下午来电话，打听做手术时间（24094533）

11月8日（周一）16℃今天下午起风

十四病区也叫颅底外部或体介入质病房。

11月6、7日是周五、周六，医生休息，今天黄大夫查病房（带着孙梅、马林等）。

今晨、中、晚饭，都打胰岛素6个单位。

11时血压144/84，下午2时半血压129/76。

看来我的血压，中午偏高，下午偏低，这是否与生物钟有关。

该医院出示，血压最标准120/80。

吃降压药最好时间早7时、下午3时、晚7时，这与生物钟活动有关。上午9时左右谢泗新来，并送来《科研管理》一期杂志。

打胰岛素最好时间是凌晨。

今晨抽血，我非常着急，期望血糖正常。

今天老柏来看我，买了不少食品。

这几天等得着急，我的血压还不错，但血糖偏高（7.6），它不正常伤口不易愈合，黄大夫也着急。

下午4时许，王立文、马艳秋、王彬来看我，并让科研处募

捐送来500元。王说，民航局专家授衔于12月初进行。

下午4时40分左右，李姐让我及22床（塘沽人）到耳鼻喉检查，这是马林医生的意见，到五官科住院部（十二病区），医生已出去会诊，等了半天，一个李姓女大夫看了我的右耳及鼻子，后者没前者正常。

晚上我去打胰岛素时，王护士长告诉我，我的血糖已正常，5.2（餐前，正常为4.4～6）。

王立文说，孙继湖与刘礼宾对我治病，做了人员照顾的安排。

孙来电话说华志强、刘长有关心我，打听消息，张军几次电话，朱沛也关心我的病情。

都军几次电话，医生没通知，明天肯定不会做手术，王淑元护士长说，黄大夫的病人等手术的不多。

11月9日（周二）

昨晚雷雨交加，雨点打在铁皮屋上，声音特别大。

今晨仍打胰岛素，量体温36.2℃、

8时多见到黄主任，他说昨天手术晚，对我的情况没有研究。

昨晚和今天8时去耳鼻喉查听力，右耳仍然是神经性耳鸣。

刚才，孙梅、马林等医生查房，孙告诉我，血糖正常，初步定明天10时手术。

11月10日（周三）

今天作手术。

今天上午8:30左右，由理发师把头发完全剪掉，成一个大光头，然后等待手术。

各院副院长及基地林老师等十几人来探望，并准备在手术中、后帮忙抬病人。从9:00开始换上手术衣服，内衣裤不能穿，只穿病号服衣裤，一直耐心等到10:50才被车接到手术室，从上午11:00开始到下午5:00，才从手术室推到监控室，出来后神志清醒，四肢能活动，黄主任在术前给我和都军讲了病情，并讲清了利害关系，但不能保证全切除也难保证术后不复发，和术后感染等，但术后黄主任表示，保守地讲切除93%，属50万分之一病情，是个囊肿，可能出现眼斜嘴歪等，总的看情况还好。

11月11日（周四）

上午7:00前，打完胰岛素后可进流食，都军给买的小米稀饭，吃了一点，本人表现不错，有一点麻药反应想吐，小平送鸡汤面条。

11月12日周五

上午早餐吃了一些，情况还不错，体温、血压正常。

孙丽萍晚上送来鱼汤面条，吃得还可以，能不吐了，吃了一点苹果泥。

11月13日周六

今天精神比较好，头脑清醒，右眼还有充血，每次滴眼药，左边的眼皮不再肿，右眼肿。早餐时表示有点饿，吃一些比较稠的小米饭（稀饭），吃一点苹果泥，喝水不少。中午，喝水比较多，吃一点猕猴桃，吃点稠面汤，吃得比较好，情况好转，早晨37.5℃，大夫说没事。

到目前为止，我们自己交3万元，已花24039.9元。

11月14日周日

昨晚，在监护室有些睡不着，护士没有送我回病房，我当时想，一是晚上凉，二是没有带来秋衣，怕上病房过程中感冒，暂时没让出来。但周日早晨要出来，必须见黄主任。如果黄主任不同意再说吧，下午5:00由于监护室来了新病号，大夫手术回病号房，在几位热心家属帮助下，顺利回病房，当时体温比较高，37.8℃。晚上陪护牛师傅来，都军也信不过，好在一晚上牛师傅服务不错，早晨我来时，都军让我给牛师傅32元。

11月15日周一

黄主任来查房，看了双眼，让其张、闭，反应不错，大夫说，右眼开关有些困难为正常，能顺利张开不正常。询问瘤切除情况，他说切除绝大部分，体温如不超过38.5℃都正常，今天还是要多喝水，多休息，大夫说能下地，能讲课了。

11月16日周二

昨天晚上发烧最高达到38℃，嘴唇也起泡了，多喝水，夜间又拉稀便2次，今天上午一次，今天温度已到36.4℃，体温下来，早晨吃得也不少，为了降压吃了一片复方降压片。从昨天晚上开始停止胰岛素，黄主任来看，并讲可以下地走一走，我下地两次，每次围着床转几圈。

11月17日周三

孙大夫来查房，右眼皮下垂，孙大夫也认为厉害了，但属正常，今天增加一次B1，还做皮试，皮试不太好没有再打针，但发现肚皮、后背、腰、手臂有小红点，有点过敏，也请黄大夫看，又让小张护士给打一针止达敏，看情况再说吧。今天早上抽血测血糖，血糖6点多，血压124/74mmHg。下午输一袋液，体温36.8℃。

11月17日学院张小宋来电上午11：00来电。

讲咨询学院医院答复：

由医保报销后的剩余部分；

剩余部分除去个人自费外由学院再报销90%。

11月18日周四

上午孙大夫查房，情况不错，过敏部分基本好了，伤口处有点（　），换药时不全包。

今天马大夫来换药，我看伤口长得不错，晚上饭吃得也多了，情绪不错，前工会主席等几个工会干部来看望了。

11月19日周五11月20日周六

上午输一袋液，下午、晚上没有输液，没有药，自己吃复方降压药，血压一直保持在127/70~80不错。

11月21日周日下午打了一针。

治疗回忆录2004年11月19日

11月10日是我一生中最有纪念的一天，开刀了！是黄楹大夫从我大脑中取出病瘤。

我记得11月9日护士及王淑元护士长叮嘱我，思想放松，不要紧张。9日晚12点以后就不能吃东西、喝水，让我晚上好好睡，还问要不要吃安眠药。我要了二片，我知道同屋22床崔大爷睡觉打呼噜。晚9时多睡觉，崔还控制自己，结果崔控制不了，还是打呼噜，我吃了一片安眠药，睡到11月10日1时多醒了，我控制自己，不行，崔打呼噜我睡不着。我又吃了第二片安眠药，直到10日5时多我才醒了，同往常一样，量体温，测血压，6时半，打诺和灵，7时吃早餐（×）。刚吃完早餐（×），理发师就来给我理发，这就是说攻坚战开始了，理完发了，我成了老和尚，头是白的。

8时多一点，我的同事们就开始来了，一批批如孙新宪、周丽莉一家，航空运输经济与管理科学研究基地孙继明、张晓全、吉晓津、万新华等人，张军、朱新华等人。

等到9时多，结果还没走（上手术台），我通过老赵留下6人，其他人就不要等了，快10点了，手术室来人，先换衣服，上衣只一件，要反穿，即背部没衣，下衣只穿院方一条裤子，人们把我抬上手术车，我闭上眼，什么都不想，心如清水，我知道上了电梯，手术车到了十楼，进了手术室，室内两位女士，没有翁麻醉师，她们也提出同一个问题，左上牙保不住，我让她们尽一切努力保住，接着麻醉，我就失去了知觉，等我醒时，我第一眼看到黄大夫，说手术做得成功。接着将我推出，我看到了都军。将我送到监护室第二床，我迷迷糊糊，将我放在床上，护士忙起来，将左脚输液，上半身放许多芝麻扣，电线与头上方监控设备相连，背下非常热，我坚持不叫护士，过了12点柯林公司一女士帮我剪脚指甲，就这样过了一夜！

护士说我表现好，给了两朵小红花。

11月11日周四

过着地狱生活，身体基本受控（电子设置）

三床（据说安全局局长）患气管炎，连续气喘。我休息不好，本院长本区牙治不好了，转到十二病区，22号床崔大爷（58岁）去看望我。

三床又来了一位和血液研究所的人。

这天我是不能喝稀饭，都军喂一口没事，第二口就吐了，肚子像团结一致，聚集在一条线抵制，吃饭都不行。

该室6:30–7:00、11:30–12:00、5:30–6:00家属可以喂饭。

耿建华去看望我，今天照CT，检查手术情况，据说93%~96%的囊肿均已摘除。

11月12日周五

我不吐了，邢莉喂我，其母买的鱼，她做的，尽孝心。

晚上发现我2床上方透水，水工建议此床挪位，我属于轻型病，建议我回21床。但我爱人不同意，都军说后护工没办法，将我移到6床，我心里真想回21床，在这儿太遭罪了。我睡觉姿态只有一两个，仰头，向左侧，但监护室服务到位使我叹服，晚上6个病人，1个护士，1个柯林公司的人，白天增加一个护士。

我说过邢莉挺可爱的，这是在监护室继续受煎熬。

11月13日周六

发低烧（早晨低37.3℃，中午可以，晚点38℃，早晨再低）循环式。

我提出回21床，而值班（昨）护士晚上（昨）住主任同意，现在换人，护士说，消失大好时机，都军说项无用。

白天水工继续修顶子，费了半天劲修好了。

晚上来新病人，这次决定让我回21床，主要是都军，王晓玲（1床）弟弟、爱人，将我送回21床。

晚上牛师傅来了，这两天（12、13日）主要是发低烧，每天最高38℃，经过4天地狱生活，又回到了人间生活，已于周五（22日）出院。

11月14日周日发低烧

昨晚，都军睡另一张床（22号），牛师傅照顾得不错。

今天张军来了。

11月15日周一发低烧（最高38℃）

上午孙继湖、张晓全看望。

下午5点左右，吴院长、董副院长和工、王志强、王秀君来看我，送花（研究生陈俣秀、牟德一、张晓全等送花）。

吴说民和及协会已解散，以民航学院、三大集团、海航、山东联航、川航等8家成立航空公司协会，地点北京，我说吴抓通航有战略眼光。

11月16日周二发低烧

冯敏来了，说他家的意思是离家要近。

黄楹大夫专程来告诉我，可以下地，年纪大活动活动。

11月17日周三体温有好转

今天做手术第八天，也是右眼下塌最为严重的一天。

上、下午输入五六袋，到晚上10点有一袋，但12点一袋已取消。

今日主要是低烧。

晚上，彭语冰、张娟、辛连标、孙新宪看望我。

11月18日周四

上午输三袋，下午一袋。

下午李主席（忠魁）（工会），刘晓梅、李（工会办公室）来看望。

李艳华来看望。

体温有好转，张军电话关于书报奖，我的意思是不报，说小谢也准备好了。

11月19日周五

体温趋于正常。

辞去了牛师傅（每天32元，不给32元他不走）。

只是上午输一袋液。

小萍送来碎肉与豆腐，无糖面条。

老赵伴我（晚上）。

11月20日周六

老赵晚上陪我。

人事局相绫乐送花及食品。

邢莉带来其母做的银耳及时政仁黄瓜等。

昨晚都军在王顶堤过的夜，自己修书房及厕所暖气。

我渴望拆线，护士吴蛟告诉我，术后2周拆线，看有无感染，若正常拆线后2天就可以抓线。

我想王顶堤该装空调，要不温度太低很难过。

我记得，王处长来说过12月初总局授专家（可能在人大会堂）。

11月21日周日

仍然是一袋。

早晨8：30左右，孙梅、马大夫等人来，我说是否线恢复，一天好（右眼）一天差，总的向恢复发展。

今天发生一起空难

东航一架CRJ-200型（庞巴迪）飞机执行MU5210包头—上海航班任务，8时21分从包头起飞，一分钟后坠毁，机上47名旅客，2个乘务队一个保安员，3个机组人员遇难，共53人。47名旅客有25个旅客买保险，买26份每份40万元。目前国务院调查组与内蒙古自治区政府应急处置组在现场处理，飞机摔在南湖里，据说飞机冒出一股黑烟，此种机型民航只是山东和东航有，此种飞机已停飞，民航让各地进行安全检查。

11月22日周一，今日小雪

至今日，每日2~3次激光照刀口，总是隐隐约约听到激光声。

小萍送吃的，左手已拆线，计划11月26日上班。

下午，王立文、张（ ）、邓明、王彬来看我，王彬告诉我爱人报销之事，马艳说来办理房子补助款之事。

晚上冯增才、冯敏来，冯增才说冯敏跟我干，要留校。

我建议冯与慕玲、余林德接触。

11月13日晚—19日晨牛师傅守夜

王立文送花（研究生李志新、张晓全、相续送花）。

今晚都军的韩国朋友送来一盒水果。

今天马大夫将纱布去掉，刀口已暴露，共缝9针，黄楹大夫说他的技术比总医院先进，2020年总医院刀口是丁字形的，他的刀口只二寸。

11月23日（周二）

今天输液一袋。

小萍包饺子送来。

下午3时多，韩云琪、秦睿、赵诃、小刘（李伯年爱人）送钱，26、27日校开党代会。

昨天来了一个病号为22床。

请来一个王师傅，开空调不关，我让关，他说这是医院。

结果热得不得了，我脱了绒衣光着膀子，从天亮看他不会开、关空调，我打算辞掉，晚上有时很久我找不到他，他总是睡在自己的竹椅子上，自己拿被子。

今日2~9度，西伯利亚冷空气入侵。

今天激光声明显。

早晨孙梅查房，我提出拆线，到明天11月24日正是手术后两周，孙只是笑一笑。

11月24日周三，今天是术后两周该拆线。

这是住院期间最重要的一天，8点多黄大夫来说，一点问题都没有可以拆线，10点多马大夫给拆线，很顺利不痛。

邢莉父母亲送饺子、送花，说做手术那天，邢莉在平台祈祷。

小萍夫妻俩送鸭肉包子，下午2点再照核磁共振（增强型）。

天津康师傅队主场（塘沽）0：4不敌大连实德队。

11月25日周四

昨晚是入院以来睡得最好的一个晚上。

两天来已停止治疗（激光属最后一次）。

右眼比前段放大点，仍然显得右眼比左眼低。

11月21日空难，黑箱（两个已找到）。

飞机掉在南湖里，包钢派打捞队、救生员。

已查明两名第三者遇害，共死55人，旅客47，机组6人，第三者2人，黑箱已送北京民航安全技术中心。

今天老赵取片，正好碰上黄大夫，黄看后很高兴，说恢复得很好，赵让黄细说，黄说等都军周一来再细说。

周五他开会，周一，让都军来，与老赵一起讲，怕老赵记不住。

张军下午来，讲他希望去首都机场，已经给高丽佳去信。

我问了论文事，让他直接去找李晓白及高净介绍的人事部门的人。

今天是11月25日，是入院以来最冷的一天。

今天最高温度只有4℃，早上飘雪花，没降下雪来。

今晚最低温度零下5℃。

今天早晨抽血，化验血糖，结果餐前6.29。

11月26日周五

气温回升，今天最高温度8℃，西北风4~5级。

除量血压、体温外，没有什么治疗活动。

老赵去金太阳找赵大夫配新食疗方案。

张建华（护士）说周三、周六打B5。

小萍今天没来，而王晓玲出院了（黄骅谷村医院会计），是同一天做手术，她先我后，共缝19针。

林泉今天来，说她也病了，谈及"11·21"空难，风改变已排除，包头气象部门说风只有2~3级。

飞行记录器估计没有什么内容。

驾驶舱记录器可能有点内容。

我让他抓紧时间研究调研。

杜泉来说，11月21日以来发生四次问题（东航）。

11月21日空难，11月22日延吉起飞经青岛到上海，飞机刚起飞发现起降架收不回，怕收回又不下来，地面指挥，让飞机放油，96分钟后又在延吉着陆，地面已调集200名警力，发现飞机起落架零静电压有问题。机务人员讲不会发生大的问题，此架飞机与11月21日空难飞机属同一厂家庞巴迪，旅客在机上看"11·21"空难报道。

在昆明东航737冲出跑道。

三亚到上海的航班，迫降白云，旅客（几百人）（）座。

今天傍晚，李晓津看我，带东西。其他人谈论都教授为什么得这种病，老赵告诉他，黄楹大夫说，美国花几亿美元，也没研究出来，占位已普遍化，本院9岁小孩就得。家世界开业就在王顶堤桥旁。

11月27日（周六）

今天早晨王护士长给我打了一针。

其他两次是血压和体温，再无治疗活动。

今晚都军夫妻来，邢莉给我按摩。

今天上午高峰、李辰阳夫妻来，说孙毅刚比老华管得严。

今天西风4~5级，最高气温11℃，凌晨最低零下2℃。

"11·21"包头空难，今天发言人说，黑匣子已破译完，但不能由黑匣子方面得出结论。

11月28日周日

早晨中央人民广播电台说，东航给"11·21"空难每人理赔21.2万元（不计保险公司的赔款）。罹难人员每人7万元，根据物价指数及行李赔补而定的。

今天最高10℃，北风2~3级，最低零下3℃。

下午李鹤及其老公来，其爱人在总调。

李鹤已翻译美国欧盟的航班延误成本，文字多。

其爱人说，田振才等人正在厦门研究流量管理。

其爱人说，现在他们有航班管理处，仅是时刻装的，没有反映实际系统，航管内部各地的航班计划，没有汇总，各稿各地，不统一，这反映出，航管系统的信息不畅通，没有合理的算法，空域容量如何变化，没有决策支持系统，离流量管理差距甚远。

今天没有治疗活动，还是量二次血压（由于每天吃2次复方降压片，血压保持142/80左右），量2次体温。

11月29日

早8点30分左右都军到达。

黄楹大夫带几个助手查房，我讲了康复问题，他说一会儿让我、都军、老赵一起讲讲。

他屋内总有人，让我到二楼，201~206为病房是201~203每屋3人，后三间为每屋2人，共15个床，三楼301~307每屋2人，我在二楼来回走，后来在二楼门口椅子坐一会儿。

我们3人与黄楹大夫交谈我的核磁共振片子，黄说找不到我的遗留部分，无法烤电，他也奇怪，他说3个月（手术）来复查（2月10日），到时再说，是否烤电。

他说我脸部囊肿，不是实体的，有1/5可能变化，若腹水头可能痛，他说你的手术很成功，用老百姓的话说，是成功。

外科医生只能做到，使囊肿缩小，为什么会长瘤，世界医学还是解释不了。

黄大夫在给做手术时，让家属（都军、老赵）说术后1~20年没问题。

黄说一切活动都可以参加，该做什么做什么。

今天上午赵桂红来看我，谈到李军玲。

就这样离开了，经过四周治疗的环湖医院14区305房间。

和我住在一个房间（305）电话2352××××的另一人为天津水泥厂的徐作成。

他上周一就进了305，这晚上老赵请来王师傅，这一晚没睡好觉。他是一个职业的护理人员，用竹椅子铺上被子睡觉，很油很滑，晚上开一个晚上空调，我让他关空调，他不关，说这是医院，第二天早上（19日晨）证明他不会开、关空调。

徐住22号床，这屋子变得这窒息，不能开电视，晚上他老闹，其爱人也不正规，老是动这动那，老觉得不安宁。

与我同屋3人（韩国人48岁及崔大爷58岁及徐作成）徐最差。

上午11时，重新回到王顶堤。

2004年11月2日—29日，是我住院的日子。

我又重新适应了生活方式。新的生活方式，使我比过去更坚强，工作效率更高。

老赵将全部精力放在了我的身上。

都军尽了儿子应尽的责任及义务。

邢莉履行了儿媳的责任及义务。

邢的父母两次到医院看我，尤其其父，患盲肠炎也住院，使我过意不去。

尤其是孙丽萍，11月1日工伤，经常给我送饭，使我感动。

我住院没告诉都红。

总之，住院是顺利的，手术是成功的。

环湖医院14病区305房21号床是都业富住的床号，00146390是住院号。

黄楹81820718是我的手术实施者！

王淑（护士长），张建华称陈园园、吴蛟是经常关照我的护理人员！

天津市医疗……

填发日期：2004……

姓名：都业富

结算日期：时间自2004.11.02至2004.11.30共28天。

床位费2810元，输氧费130元

诊察费196元

西药费13157.89元

护理费110元

检查费1734元

治疗费10678元

放射费3297元

手术费1320元

化验费870.5元，自费部分162元

合计34465.79元

保险患者，统筹支付16685.61元+现金支付17780.18元（自付部分4444.52元）=34465.79元

（预交金额30000元，返回现金12219.82元）

保险患者账户支付0，现金支付17780.18元

统筹支付16685.61元，自付部分4444.52元

以上是2004年12月6日老赵去环湖医院开的账单。

2004年12月7日给校医院李会计打电话，她说须谷大夫签

字，年底报一部分（自费部分）。

学院的医疗年槛费是1500元，超出来部分学校才能报销。

我是2004年11月29日出院，上午11时到达金厦里7-2-101

11月30日—12月3日，华北黄淮东北地区出现大雾。

我每天在家里，不敢出去。

原以为家里很冷，实际上只要有人常住，温度不低，小屋温度一般是19℃~21℃。

数学大师陈省身教授于2004年12月3日19时14分病逝，享年93岁，在南大图书馆设陵堂，供人们怀念，他是2004年10月28日过的93岁生日。

2004年12月4日，都军、邢莉来，都红知道我住院一事。

12月3日，李舍城夫妻来看我，小萍夫妻来看我。

12月4日，郑津的父母来看我，送花。

12月5日，我出院后第一次出家门，在院内溜达，11时出去不久小萍来，赵军芬来看我。

12月5日晚，孙继湖、万新华来看我。

12月4日，第一届中超杯赛结束，天津康师傅获第六名，还是在大连实德扣6分、北京现代扣3分情况下取得的，是甲A联赛以来最好成绩。

孙继湖12月5日来说，11月21日包头空难，北京安技中心破译黑匣子，飞机起飞后9秒钟，离机场17公里出的空难，黑匣子里内容很少，只听驾驶员说，这是怎么回事？看来空难是机务问题。

民航总局工作会议，民航科技大会因"11·21"空难而推迟。

一个机务人员给相元元写信，说飞机维修质量差，待遇低。

"11·21"空难时，相元元与胡锦涛访问拉美，相回国后马上去包头。

2004年12月7日大雪

是好天，最高7℃，最低零下1℃。

2005年3月25日

最高气温22.9℃。

回忆

术后一段时间脑袋出油，一看油光光，用手用纸一抹一层油，枕巾都是油。

2005年8月22日

丑陋的都业富。

2004年11月10日做手术，手术当天晚上觉得脑袋的右半部发木，睡在枕头上，觉得头部垫上一个盒子，这种感觉很长时间，而且睡觉后在枕头上流一堆哈喇子，在监护室我至今记得耿建华去看我买一个大西瓜，郑兴元去看我及邢莉喂我她妈做的鱼汤，真情无限。

我住在监护室实在难受，我早想出来，记得11月12日晚我住靠窗的床（2号）管子漏水，将我搬到进监护室左手边靠墙，24小时测量血压、心跳，护士非常好，物业派去的负责拉屎拉尿。

我住4天回病房，此时的确丑陋，嘴歪了，左部向上，右部向下，尤其是右眼睁不开，老流眼泪，右耳失灵，不点声音也听不见，而且右眼眉下沉得厉害，整个右脸变了形。这种变形，矸到2005年1月31日、2月1日仍然严重，赵景泉第一次见到我，说你怎么啦，嘴歪眼斜的。

我对恢复充满了信心，我记得自从我从监护室出来（11月14日），我只在床上待2天，就能活动下床，在屋内走动，在走廊走动，我尽量坚持，相信只要活动，恢复就快。

所以春节之后，我参加了老年大学气功班（甘肃路和平区青少年活动中心，练八段锦，后练易筋经），我是顶赵景英去的，我去时是第4次课，两部坚持练完我的体质恢复很快。

正月十六开始（2月23日左右），赵景泉给我按摩，每天晚上按摩40分钟左右，直到7月中旬，自此之后，我天天练气功，先练中功，后八段锦、易筋经。

到今天为止，嘴、眼基本恢复正常，赵文治说是奇迹，其他同事也感到恢复很快。

2004年11月29日出院，在王顶堤我也坚持活动，院内民航学院退休人员对我抱有好奇心，左看右看，我满不在乎，坚持锻炼，必有成效。

泾渭分明

病情回顾2005年8月27日

在2004年11月10日做手术之前，我的右半头部含脸是麻木的，例如右额部，手摸后无感觉，以鼻子中间成为界，右部是麻木的，尤其是右鼻孔，也是麻木的，觉得堵塞，不通气，至今感觉还是有些堵塞，嘴唇以鼻子中线为界，右半嘴唇或下巴右半部也是麻木的，耳朵就更成问题了。总之左右半部（头、脸）感觉截然不同。

手术后，出院了，右脸有些感觉，一旦有物经过脸部感觉明显。

到现在右半部恢复较快，嘴正过来了，但右部还是麻的感觉，右眼好得快，做手术右眼反应强烈，一是睁不开，二是流眼泪，眼泪特别多，有时哗哗流，右眼眼眶痛。

出院后还是眼睛恢复得慢，我走路看东西须拍脖，尤其3月14日开始骑自行车时，必须拍脖，否则看不清，刚出院一二个月走路，我经常用右手掀开眼皮才行。

总之，我这种病，左右半头部，泾渭分明。

从3月初练气功，加速了恢复，两部分开始平衡了，右部麻木状态从上往下逐步好转，尤其头额部好得快。

2001年11月1日上午11：20入住天津市第一中心医院呼吸科（第十七层715房间32床）

发病：10月30日下午2时许，右脸有一些痛，晚上上课没反应，但吃完饭吃红薯时我觉得舌头有些麻，但晚上在家喝稀饭时，左腮都不太管用。

注："＊（　　）"为每页上方单独内容；"（　　）"空括号为无法辨认的内容；"……"为折页无法看清内容。

10月31日上午有些小风，我去图书馆，眼睛开始流泪，下午休息练一会儿气功还不行，吃完晚饭，我想出去转转，转一圈，风太大，我爱人让都军陪我到医院我没去。

11月1日，起床发现口歪眼斜，8时多，南开网络中心安装调试，10时左右，马上到一中心，由普内李谭溪主治大夫看初诊，周围性面部瘫，即面瘫，决定住院。

（周四）11月1日18：50左右，吴桐水院长、徐肖豪副院长、工会李思奎主席、组织部张国群部长、管理学院朱沛院长等来看望，带4000元支票、花、水果等。

之后郑津全家来，都军来了，邢莉要来。

（周五）上午CT，11月2日，刘永刚、小平、都军、邢莉送花，今天病情发作厉害。

（周六）11月3日，刘敏、赵风彩、小平、邢莉、都军。

（周日）11月4日，周丽莉、都军。

（周一）11月5日，华克强、赵许、李辰阳、邓明来。

（周二）11月6日，朱沛、王永刚、彭语冰、王树礽、耿建华、张永庆、孙伟等送花、水果；刘永刚、小平、都军。

（周三）11月7日，刘敏、孔令宇、杜珺、孙新宪、王华清、张志良、都军，今天病情稳中趋好，针灸加电动。

（周四）11月8日，张娟、温红园、张永利、韩明亮等，都军。今天有好转，针灸加电动，向张韩讲OR在中国民航的发展，张说近些年AGIFORS主要是RM及短期预测，LD灯泡。

计划11月9日出院

张军13512048233

24094533

刘茂清0775-2680819（新装）

2673531（总机其表（　））

13752470523苗

环湖医院

十四病区

颅底外科（颅桥小脑角占位）

住院号146390或00146390

2004年11月2日—29日

黄楹（81820719）是主治大夫

我80岁时在深圳万豪酒店都馨仪送给我的这本笔记本，记录的内容从2018年6月12日下午3时45分开始：

赵景英在天津中医药大学中医一附属新院（在王兰庄）重症监护室（ICU）去世。

当晚停放在天津中医药大学中医一附属（鞍山西道）停尸房的一个冰柜里。

当天晚上在和平区蛇口道同发里4号楼8门401室设灵堂。

2018年6月13日晚上都红由加拿大回到灵堂。

都军2018年6月12日晚由深圳回到灵堂。

孙丽萍、孙丽凤、赵欣、何爱玲、刘志刚在老赵去世后给老赵换衣服，是孙丽凤去同发里拿来寿衣。

寿衣是都红、孙丽凤在天津买的。

2018年6月15日8时从同发里出发，到鞍山西道取出老赵遗体，由灵车送到北仓第一火葬场，在该场开的追悼会。

2018年6月17日，将老赵骨灰放到干部骨灰存放处C室9排。

我、都军、都红参加存放。

2018年6月18日，都军去昆明开会。

2018年6月18日，我与都红乘飞机去昆明（都军给买的机票），在都军开会酒店住下，我与都红去滇池、讲武堂、石林参观。

2018年6月22日，去抚仙湖住希尔顿酒店，逛抚仙湖。

都军签协议在抚仙湖买房子。

2018年6月23日，返回天津。

2018年6月30日，都红回加拿大。

2018年10月1日，都军一家、邢莉父母与我去香港、澳门，邢莉父母因签证问题没去澳门而回深圳。

我与都军先到澳门码头后，都军返回香港，我一个人去澳门巴黎酒店，到晚上都军一家人到巴黎酒店。

2018年12月18日，都红、郑嘉睿回天津探亲。

2018年12月30日，她俩回加拿大。

2019年4月1日，我、都军、邢莉去日本东京，在东京逛繁华市区，参观上野公园，在上野公园一家有名饭店吃饭。都军去东京治疗头秃问题。

我们住在王子酒店，4月1日晚在东京一家知名酒店，由都军同事请客，吃日本牛肉。

2019年4月3日晚，广州日立电楼总裁特意由广州来东京看望都军并请客。

2019年4月3日，都军同事刘斌由日本外地赶回东京看望都军。

2019年4月3日晚，我们三人去富士山玩，住在一家豪华酒店，在酒店能看到富士山。

2019年4月4日，在酒店周围玩。

2019年4月5日，由东京千叶县成田机场乘深圳航空公司的班机回深圳。酒店一宿5000元人民币。

2019年10月1日，我去深圳，住万豪酒店。

2019年10月2日，都军一家为我80岁辰祝寿。

2019年10月3日，都军一家、邢莉父母和我去澳门，住澳门永利大酒店。

在澳门住处旁边是澳门机场，可以看到飞机起降。

2019年10月6日，由澳门回到深圳。

2020年1月19日，去深圳。

2020年1月20日，都军一家、邢莉父母与我从深圳到新加坡过春节。

住在一家豪华酒店，是三座大楼连在一起的，在三座楼的楼顶连在一起，有游泳池，晚上逛了游泳池。

2020年1月21日崔彩云身体不好，都军带她去住院、隔离。

我们到公园玩。

2020年1月25日，邢莉母亲出院。

此时国内武汉新冠疫情暴发。

2020年1月26日，我们回到深圳，此时去新加坡的中国人纷纷回国。

我住在凯恩斯基酒店。

2020年1月27日回天津，张恒耀夫人开的车。天津此时已有7例患者。

2020年1月28日，宝坻百货大楼发生疫情。

原计划2020年清明节将老赵骨灰放到东华林十三C0002。

都军是2020年9月1日由深圳回天津住大都会2号楼40层401房间。

2020年9月2日，中元节将骨灰存放到东华林，胡鑫水、小赵、张宏博及景泉夫妻、小萍夫妻，小凤及都军同事（两人）参加，按最高规格2880元安葬。

将手表、眼镜及珠子作为随葬品。

回来在水上公园东路上海年代吃饭，小胡请客。

以上2020年12月13日回忆。

2020年11月16日刘建第一次送菜。

2020年11月30日刘建第二次送菜。

2020年12月13日刘建第三次送菜。

（即每2周送一次菜）

2020年10月9日

中国民航大学老教授工作部理事会，研究换届问题。

决定樊鹤鸣、朱家骏辞去副主任，宋庆功、陈惠萍、冯增才为副主任，其中宋庆功为常务副主任。

2020年10月16日

我与宋庆功见面，简单研究明年工作，然后我俩去离退处，汇报工作。

徐对宋庆功任常务副主任满意。

徐决定工作部办公室搬到场外东配楼三楼原居委会的办公室。

2020年10月23日

我与三个副主任见面，研究分工。

陈惠萍协助刘莉发展会员。

冯增才协助秦玉祥负责财务。

研究2021年工作。

2020年11月13日

恶劣天气下，签派放行决策支持系统课题组开会，讨论如何继续研究。

决定我、朱家骏继续与奥凯航空公司联系。

另外，决定课题组的现职人员秦绍豪、赵文治、陈琳、刘玉洁成立新课组向学校申报课题。

2020年11月16日

刘建送菜。

2020年11月20日

上午10点我与秦绍荣在白杰副校长办公室，与白杰研究立项。

决定由秦绍荣起草立项报告，在国家自然科学基金立项。

2020年11月26日

我参加天津市老教授协会会议，研究换届问题，本届从2016年开始，刘振和即在协会换届不成要瘫痪情况下接任会长。

从2020年11月26日开始换届，要准备修改章程、工作报告及财务报告。

会上得知，天大、南大工作部已换届。

2020年12月7日

工作部开理事会，除华克强、彭语冰、林兆福、孙春林之外都参加。

会议研究明年工作。

樊鹤鸣对2020年10月9日决定有些后悔。

并对本年度工作总结提出意见，对督导组工作及小微企业没提出总结。

建议朱家骏仍维持原来情况。

刘焕礼说明小微企业情况。

华德堡航艺光电科技有限公司在工作部支持下成立，刘焕礼是公司法人代表，后因是处级干部，而不在位。该公司是小微科技企业，从事行业相关研究，现在艰难生存。

2020年表扬朱家骏、秦玉祥。

工作总结应戴帽子（政治）。

2020年12月9日

离退处召开党委扩大会议。

徐国民宣布，将辞去处长职位。

贾延平担任处长。

陈惠萍提出琴海公寓房产证问题。

徐说一直与吕宗平副校长沟通。

2020年12月11日

市老教授协会开会，我让宋庆功参加。

另外，10月30日召开航空运输创新编写组会议，决定修改时每章加一段内容提要。

2020年11月30日刘建第二次送菜。

2020年12月13日刘建第三次送菜。

2020年12月14日足疗。

2020年12月16日去工商银行办理164存款，2021年12月17日到期。

2020年12月17日

给刘汉辉电话：标题思想创新与民航创新。

将思想创新的第二节民航创新与专门一章民航创新合并。

新思想的产生要简化。

要细分章节，将图补上。

从天津老教授协会得知，新一届会长是陈志强。

常务副会长刘振航等2人。

会长由宋庆功等3人。

常务理事有宋庆功与秦玉祥。

2020年12月26日

天津市老教授协会第六届理事会开会，新一届协会开始工作。

南大的陈志强为主任。

刘振航为常务副会长。

2021年1月2日

天津市老教授协会开会。

陈志强宣布成立一处六部。

一处即秘书处，各工作部参加。

一部扩容，由刘振航负责。

二部宣传部，由马彦负责。

三部培训部，由师大李老师负责。

四部联络部，由天大兰老师。

五部书画部，由高老师负责。

2021年1月2日

于新力来同发里找我。

转让公司合同签字。

实际上2020年12月31日我将顺丰送来的文件签字后转给于新力，2021年1月1日他收到后，说我签字是蓝色的不行，所以他才来我家。

2021年1月3日

小萍让刘志刚送来熟牛肉、带鱼等，小萍头晕。

志刚说4年前，她晕倒过，头部CT发现出血过。

今天小胡来送牛奶，他是1月1日从成都回来。

他说天津将建两座城市，两为津城（现在市区），二为滨城（现在滨海新区）。

2021年1月6日

寒潮来袭，大风。

下午3时，温度为−17.4℃，最高−8.6℃。

今天没出去。

2021年1月7日

重温五行彩票知识。

向洪甲创造的。

离（1，9，17，25，33）

巽（2，10，18，26）

震（3，11，19，27）

艮（4，12，20，28）

坤（5，13，21，29）

兑（6，14，22，30）

乾（7，15，23，31）

坎（8，16，24，32）

甲乙丙丁戊己庚辛壬癸

木火土金水

寅卯巳午辰戌丑未申酉子亥

3.82.70.54.91.6

2021年1月10日

学校发春节物品。

管理学院通过京东发春节物品。

2021年1月12日

宋庆功说天津老教授协会让我们出一个副秘书长协助马彦工作。

商量让冯增才参加，已经取得冯的同意。

中国老教授协会让天津老教授协会出2~3个讲演者。

宋已交材料，我同意宋参加，宋已经与马彦取得联系。

通过贾延平要和校长见面，答复春节过后。

2021年1月25日

小赵带家政服务公司二人来同发里4-8-401打扫卫生。

其二人上午8:30就来了。

（2021年1月24日上午11时许刘建送年货）

（2021年1月23日下午3时，我去朱家骏家金庭里23号门301房间；都军电话让我去深圳过年，因疫情原因，拒绝去。）

2021年2月11日年三十除夕

朱家骏、张继贤都邀请我去过年。

我看春节联欢晚会到初一的0时51分结束。

2021年2月16日都军回天津

上午10点21分接到都军到达天津电话，11点他到同发里4-8-401。

12点同乘车到鼓楼车的卫鼎轩曹家公馆，在鼓楼东地铁站遇上赵欣一家，一同上车。

孙丽萍、刘志刚已到，小胡已到，小凤已到，吃喝到下午近3时。

我、都军、小凤及赵欣一家同乘一辆车已送我，小凤到达吴家窑二号路下车，他们去王顶堤。

晚7点，都军接我去意式风景区，一家巴黎餐厅，还有小胡，吃西餐，晚9时结束，都军送我回同发里4-8-401到门口。

2021年2月17日

不到上午8时小凤来了，不勺司机（万科出钱）接赵欣、景泉到同发里，等我吃完早点，拿着供品，到同发里正门，司机到海河边一家酒店接都军。

车向东华林开去，不到10点到东华林，孙丽萍与刘志刚8:20已到，到大厅里都军买了花、香，我们去13地C9002，赵景英墓地，上供品、花，我与孙丽萍、丽凤都带供品，今天天冷风大，10:40左右又回到大厅，然后回家，我与小凤在吴家窑二号路下车，都军送景泉。小凤到4-8-401待到下午1:16。

都军下午等万科负责人会见唐山万科，晚8时乘春秋航班到沈阳，再从沈阳回深圳，预计明日凌晨1时到达深圳。

2021年2月24日

今天去鞍山西道卧龙里对面电子商场更换笔记本硬盘，更新系统。姓张同志接待，按成本价335元。

在二楼买U盘60G70元。

2021年3月1日

早晨起来，看到外面大雪铺地。

这是2020年冬季以来，第一次降这么大的雪，到上午10时雪基本上化了。

2021年3月2日

今天与都晶叔（1932年生）通电话，了解都家什么时候从集安活龙盖徙移到临江西大川的，他也不知道。

但他提供都本有是被土匪所杀，他是河东村所生的信息。

我父都基财1915年也生在河东村。

我奶奶1959年去世，是60岁。

可以推断，我父是老三，都基坤、我大姑可能也生于河东村，都基坤可能生于1910年左右。

我奶奶与土匪搏斗，也就在11~12岁，也就是1910年左右。

都晶也回忆都本德从集安到临江送家谱，肯定在1900年之前，我爷爷常常讲光绪皇帝，都本有是我爷爷的父亲，他死时，我爸爸15~16岁，也就是说，我爷爷是生在西大川，我爷排行老三，前两位肯定生于1890年左右，也就是说，他俩也生于西大川。

由此可以推断，都家在西大川居住是在1880年左右。

2021年3月5日

今日惊蛰

中午12:40到总医院站对面一家卖通讯器材（两家挨着靠右面一家）买充电器，之后乘901路公交回到医科大学。然后去公共厕所（吴家二号路与成都道交口），解完手发现手机没了，当时是下午1点46分左右，我怀疑丢在卖通信器材店家或丢在901路汽车里。

去卖通讯器材店，没丢在那儿，我立即乘901路到动物园站，901路总调在万科新城，又乘901路到万科新城，总调说司机没有交手机，只交一个手提袋，留下总调电话，返回，没有找到手机。

手机是从外衣的口袋里丢出的。

3月6日

我怀疑是否丢在公共厕所里。

早晨8时在蛇口道吃早点，然后去公共厕所，该所管理员是一位女士，她昨天下午未打扫男卫生间，今天没有发现手机。

昨天我在901路总调打1860261××××，无人接，回到家又打此电话无人接。

今天8点、10点、11点又打此电话，无人接，12点打时，电话告知已关机！

3月7日

上午10点左右，联通维修人员来调电视，电视出现输入密码，调错了，返回到正常状态。

给1860261××××打电话，明确已关机；给901路总调电话，司机没有交手机，这样，只有买手机。

到南京路与四平西道交口HUAWEI店，nova8是最新款的，5G手机，3299元买了，服务员帮调服务功能。

只有微信一项，需：1. 与微信联系的银行卡后8位；2. 找两位微信朋友给原微信手机发短信571146。

我用中国银行卡，不行。

找朱家骏，他与冯增才发微信解决了。

然后他给输入44个人的电话号码。

朱说卢达升昨天去世。

3月8日

上午9:33从家出发到工商银行（西康路店）找纪楠，她调整手机出现工商行徽（2个），一个是存款的，一个是来往账目。

之后又找纪楠修改取款密码，除都军仍然用000704外，其他均改为225328（都红、都军的生日）；

10时33分从家出发到卫津路中信行，找袁辰办理手机银行，然后修改取款密码225328。

3月9日

今天是赵景英生日，吃捞面。

都军电话，3月27日去南京，3月28日是都军生日，3月27日去南京看中医疗养。

3月14日

今天"数九"结束，春天全面到来了。

最近几天头晕，一天晕两三次，今天去卫协医院拿降压药及治头晕药。

3月15日

研究党成立100年活动、歌曲、书画（宋）。

2006年6月16日老教授协会成立15周年。

3月20日交会费

创收拉赞助3∶7。

老教授喜欢交流。

大前总装（参观）（宋）。

吴仁基：老教授协会这几年没有活动。

体育活动（乒乓球，台球）。

保健（王志华）。

冯心萱、贾延平、丁水汀。

百年建党活动（宋负责）。

交会费（秦玉祥）。

参观（陈惠萍）。

成立15周年活动。

体育活动。

3月26日

与赵钧乘G213（天津西至上海虹桥）去南京南站（一等座每人711元），高铁晚点20分左右到达南京南。

刘滨在南站等我们，我与刘滨夫妻一起乘纳福德的专车，到达牛首山纳福德进行中医理疗，邢莉、大晟、邢莉父母乘飞机已到达；都军在广州开会，晚9点乘飞机，到达纳福德已经11点半了。

晚餐吃得非常好，就餐的除我们外都是互助组的成员，都是总裁、总经理级的及他们夫人。

3月27日

上午听讲座。

下午2时到牛首山佛顶宫看舍利子，其舍利子是释迦牟尼的头盖骨，在牛首山一个寺庙里地下发现，已经藏1000多年。

参观人特别多，一年只有21天开放，我们与互助组成员一起参观，其舍利子在地下六层。

我与都军在佛顶宫广场照相。下午5时许，我到理疗室，张医生开始不给我看，说80岁以上，医生都不给按摩。

但是早晨许大夫诊脉，说我湿气重，任督二脉不通，做一下理疗，通一通任督二脉。

张大夫给我简单按摩一下，说我身体很好。

3月28日

早餐仍然都在一起就餐。

中午为都军生日，大家一起就餐，纳福德送一份蛋糕给都军。

大家祝都军生日快乐。

就餐前，都军叫我与大晟、刘滨一起喝茶。

下午四时，服务员叫我送都军。

都军、邢莉、大晟三人下午4时30分左右乘车去机场，下午6时航班回深圳。

晚餐，纳福德徐总率三个主管与我们，和刘滨等三四个互助组成员一起就餐。

从明天开始就按规定吃饭了（调理方案）。

都军临行前，让服务员送我一本《观世音菩萨普门品浅释》，今天下午送完都军后理疗、按摩及针灸，张大夫说我双脚踝堵了，给我按摩。

3月29日

都军和互助会成员全部离开纳福德，刘滨专门到忍字房与我告别。

他还到屋里关上了空调。

胡上海大夫来诊脉，问我吃汤药后情况，我说没有改善，他回去查药方，发现我喝的汤药不是他的方子，是徐教授的方子，来这位房间将他与徐的名字都拿来，说从今天开始吃他的方子。

给我诊脉，量血压，说偏高，190/93。

下午2时他又来，诊脉，量血压，190/93。随他来的一个负责人，说都军关心，问我情况。下午3时许，我与两个服务员在喝茶，一个服务员让我去理疗，张大夫按摩。我说身上痒，他说体内有风，今天没扎针，但拔罐（后背）。晚上8时许，胡上海又来，不让我睡，他去煎药，今天下午在理疗室接到都军视频电话，让我去南京医院检查，怀疑与5年前尿毒症有关，头晕之事。

胡也说头晕是高血压引起的。

3月30日

早晨起床，胡上海大夫（77岁）（上海同仁堂）就来到忍房间，问我喝昨晚他的药方效果如何，我说夜尿少了，4次，身体觉得轻快啦，量血压179/83，3月29日下午为190/93，他又诊脉。

他将降血压消息传到纳福德行宫许多人耳朵里。

上午10时许做理疗，张大夫先按摩，后在肚子上拔罐，之后在颈椎扎针。

下午2时许才吃药，5时多吃饭（到食堂）。

6时，与邢莉父母一起去金陵小镇，小镇非常漂亮豪华，尽是古时建筑，看了场表演。

今天9时我到周围转了一圈，这里叫谷道行周村，有不少商店，如土菜馆之类。

这里有个大世凹，有个小湖，据有关记载这里是岳飞抗金的驻地。

今天南京电话预约我检查。

3月31日

晨不到8时，胡上海量血压，163/93，他很高兴，问我昨晚去几次厕所，我说4次，我睡得早（9时），他说11时就3次了。

他让我将情况告诉都军。

4月1日

晨胡上海量血压161/83，徐钧（管营运的）在场，问我体检之事，我拒绝，他说都军让查尿毒症问题，后来微信视频都军坚持查尿毒症问题，我同意了，徐说与组织大夫联系。

邢莉父母来看望我，其母肠胃不好，基本没吃东西，不想吃东西，他们明天下午2点离开南京。自从来纳福德天天理疗，今天我要求拔罐，张大夫（泰安）说天气不好。

我早晨对胡上海说今天换药，考虑我耳鸣与身上痒（他说是血虚）。

张大夫说身上痒是体内有风。

这两天没有出现晕现象。

据邢父母说，我明天可能体检。

4月2日

早晚下小雨，最高气温16～17℃，最近几天都是如此。

早晨徐军告诉我，上午去市里体检。

8时吃饭，他去备车。

8时半从纳福德出发，徐军开车，另外一个小女孩陪我，路上在市区拥挤，到江苏省中医院，存车又很费时间。10点钟，徐挂号，到三楼肾科，在一号室，小大夫让到一楼抽血，取尿样，他去交钱，我与小女孩还有一个男的，到一楼等徐，取尿样，后抽血（1053号）。

然后我们回来，路过汉中路，中山南路，回到行宫11:50，我去看望邢莉父母亲，他们已经吃完饭，12:30到机场去，上午两次来忍字房。

下午1时吃午饭，休息一会，送药的小女孩（这里服务的一些女孩，是南京三江学院的学生）来了，这正休息，理疗室的小女孩叫我理疗。今天理疗，又拔火罐。

今晚6时许，胡上海来，他是去年12月来的，家属在成都，他是成都人，住武侯祠附近，现年77岁。

下午5时，都军电话，了解查尿毒症情况，他正在机场接邢莉父母亲。

让我走之前，2~3天给他打电话。

晚上6时许，胡上海来聊天，加了微信，他因天津一个同事打电话（有两年没联系了）。

4月3日

今晨有小雨，我7时到户外站了一会儿，觉得有点累，回屋坐一会儿就好了。8点外吃早餐，送汤药也来了，这里胡上海来量血压，血压高，他说两三点再量血压。

上午10时左右，胡又量血压也是高，让我吃药，下午5时我去理疗室，他给我量血压，血压下来一点（估计190多）。

晚6时多，又量，还是高，他看了我从天津带来的血压药（缬沙坦氨氯地平片），他说药好，晚上起床，先坐一分钟再去厕所。

今天是清明节假第一天，纳福德也放假，徐董事长回台湾了，行宫一些人放假，张大夫没来，徐让胡代管工作。

我在理疗室中的杏林堂，即胡的办公室待了一会儿，看他写的诗，基本是七律诗，他说锻炼脑筋。

今天没有看见徐军踪迹。

晚上又下小雨。

总之今天血压高，什么原因？

胡说我的脉还好！

4月4日

今天是清明节，放假的第二天。

早晨没吃饭，7时左右珊珊叫我，我起来后，她回去洗漱，7:30左右出发到江苏省中医院。

到急诊办理手续，此时邹冬梅已到，邹负责挂号，到诊室，小年轻大夫问诊，并开抽血化验、取尿样单子，邹去交费，后抽血、取尿样。

司机买回早点，在车上我吃素包子（一个），喝一杯水。

附件五　都业富所获得的荣誉证书和参编的教科书（摘选）

都业富部分获奖证书

民用航空市场预测

都业富 陈玉宝 编

中国民航学院

都业富参与编辑的书籍

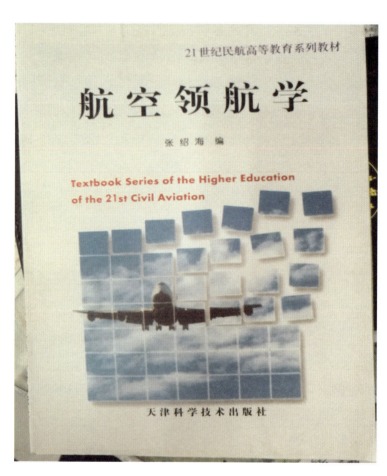

天道酬勤—— 都业富回忆录

附件六 关于都业富的相关报道民航购机50年：上亿美元大买卖的技术细节

（文章来源：新浪网——新闻中心）

2007-04-03　13:33　作者：王鸿谅　魏一平　2007年第13期

"未来20年国际市场对新增飞机的需求将达到2.6万亿美元。"数据来自2006年7月波音公司在伦敦发布的被认为是全球民用航空市场最权威的展望报告，预计的巨额交付飞机市场中，"中国市场2800亿美元""新增飞机2880架，其中支线飞机290架，单通道飞机1840架，双通道飞机660架，747及更大型飞机90架"。

"购买什么飞机，直接决定了投放什么市场，开辟哪种航线"——这构成了决定航空公司生存与发展的战略规划，用业内人的话说，"机类规划，是一个航空公司最核心的机密"。"三足鼎立"的中国民航公司作为购机主体，在动辄上亿美元的大手笔买卖中，其实从未轻易放弃各自的选择与决定权。

民航起步：飞机买卖的"战国时代"

和这个国家翻天覆地的命运转变一样，中国民航事业同样以20世纪50年代作为起点。中国民航大学管理学院教授都业富，对中国民航发展的历史梳理，清晰到年代久远的数字、日期和人名都记忆犹新，没有半点含糊。位于天津的中国民航大学是民航总局最早创立的直属高校，都业富是1958年全国招生第一批200名学生之一，完成学业后在天津一待就是44年，除了1969—1973年到江西干校插队外，一直在学校从事教学科研。如今民航界的骨干，很大一部分都是他的学生，68岁的都业富因此也被称为"民航老人"。

在都业富记忆里，20世纪50年代，民航逐步从空军管辖中脱离出来，由民航总局分设各地的航管局具体管辖，这也是后来各大航空公司的前身。因为特定历史背景，"整个50年代，我国使用的客机全部为苏联制造""最早买进的客机是伊尔—14，载客量在二三十人，主要给国家领导人乘坐。1959年购进的能够载客80人的伊尔—48，标志着我国开始拥有中型飞机。进入60年代，中欧关系加强，以英国的'直觉号'为代表，欧洲生产的飞机开始进入中国，但主要机型还是以俄制飞机为主。1971年，民航购进两架伊尔—62喷气式飞机，单机载客量开始超过100人。不过那时候有资格乘坐飞机的，至少得县团级干部，还要单位开证明，审查严格"。

1972年美国总统尼克松访华，中美关系"破冰"。第二年，中国购进5架波音707，随后又追加了5架。除政治因素外，首次购买波音飞机的另一重背景，还是中国民航事业的现实发展需求。20世纪70年代初，时任总理周恩来在视察民航工作时就提出"中国民航要飞出去"，在都业富看来，为开辟国际航线，波音707这种飞机单机载客量达到160人的大飞机进入中国也是"必然需求"。无论是单机载客量还是飞机性能，波音707的引进开启了中国民航史新的一页。此后30多年，波音在中国民航市场中的份额节节攀高，直至占据民航飞机数量的三分之二。

购买飞机并不是民航发展的唯一选择，1980年，中国民航向波音公司租赁3架747型飞机，开启了中国向西方飞机制造厂租赁飞机的历史。后来的发展证明，租赁成为比购买更重要的现实选择，都业富提醒记者注意，到现在，"航空公司90%的飞机实际上是租赁的"，短则几个小时，长则十几年，租期不等。"一架波音757标价7000万美元，对航空公司来说资金压力很大，如果出租，每个月租金在40万美元左右，虽然长远来看是吃了亏，但却能解眼前的燃眉之急。"

在购买与租赁的双重思路之下，从80年代开始，中国民航的机型开始迅猛增加。"到1985年，来自欧洲、美国、苏联的十几家飞机制造厂都跑到中国来推销飞机，甚至连加拿大、巴西的厂商都开始进入，大家各说各的好，都忙着跑马占地。"中国民航市场于是进入了卖方的"战国时代"，问题也由此显现出来。复杂的机型在飞机操作、飞行员培训、飞机维修、机场配套设施各方面，都意味着航空公司的成本比使用单一机型要大大增加。而当时的民航界普遍缺乏科学选择机型的知识和经验，结果就在各厂商鼓动下，各航管局所购飞机机型杂乱，飞机选型研究的重要性因此凸显。关于这段过往，都业富的回忆里有一段很有传播力的细节，"80年代的民航界形成了一个普遍共识，就是觉得欧美飞机会比苏联的好，尽管苏联在伊尔—86的宣传上花费了大力气，大家还是不愿意买。时任国务院领导在一次听完汇报后，问道：'既然伊尔—86很便宜，为什么还不愿意买？'大家面面相觑，不知该如何回答。有关飞机选型问题，正式提到议事日程上来"。

1986年，民航学院从多个学院抽调十几个人，组成了课题组，向民航总局报批立项。课题组由四个小组组成，一个研究飞机机体，一个研究飞机发动机，一个研究机载设备，一个研究民航市场。时年47岁的都业富负责的就是市场小组。当时国内飞机选型几乎是一片空白，课题组担心仅凭自己力量不足，就提出了要与波音公司联合研究飞机选型的建议。时任波音公司驻中国代表陈范得知这一消息后，主动找到课题组，提出由波音公司组织培训。1987年5月17日，首届培训班开班，从各个航管局和民航总局选调来的40多个人集中在民航学院，接受为期10天的培训，讲课的是波音公司的两名美国专家。这也是中国民航史上第一次专门组织有关机型选择方面的培训。

机型选择：订单背后的复杂计算

都业富和课题组的同事们遇到的第一个现实购机问题来自西安。1987年，秦始皇陵及兵马俑坑被联合国教科文组织批准列入《世界遗产名录》，"秦始皇陵兵马俑博物馆"向中外旅游者开放，国际游客迅速增加，其中以日本为最。当时的西安航管局（后来的西北航空公司）没有开通国际航线，国外游客只能在北京转机。西安航管局不仅呈现出运力不足，而且由于技术老化，还老是出现飞机晚点的情况。为此，国外游客意见很大，国旅、青旅的老总经常得亲自到机场去接旅行团，还要一个劲儿道歉，搞得旅行社很被动。所以，旅行社的老总们显得比航管局更急切，三番五次找到陕西省委、省政府反映情况，要求购买先进的飞机。

当时西安航管局共有33架飞机，但没有一架适合飞国际航线。最好的飞机是伊尔—48，载客量不算小，但航程短，不能飞国际航线，而航程足够的图—154飞机又因耗油量巨大、内部设施落后、舒适性差等原因被排除在国际航线之外。陕西省委、省政府也为此着急，但又不知道该买什么飞机合适。时任西安航管局规划处处长的郑晓寅得知飞机选型项目的研究后，主动找上门来，请求课题组结合西安航管局的实际情况做研究，课题组当然求之不得。此后一年间，课题组成员轮番到西安进行调研。都业富在半年内就去了三次，每次都得待四五天，开始从最具体运力缺口做起，研究市场空间，对比飞机的经济性和技术性指标，基本摸清航空公司的成本机构和每种机型的特点。

课题组和西安航管局需要从六七种飞机——波音737—200、737—300、757、麦道—80、麦道—82，以及空客A310中，做出最合适的选择。最后中选的是波音新推出的757，都业富回忆，由于是刚推出的机型，波音公司宣传力度大，甚至专门派人到西安去游说。课题组以"西安—上海—名古屋"为预设航线，进行详细的成本和利润分析以后，最终决定选择波音757。"波音757虽然载客量不是最大的，但技术最先进，稳定性好，维修成本又不高，舒适性好，所以最终胜出。"其他的，"波音737系列和麦道技术相对落后"，至于空客A310，其实早在80年代末，上海航管局（后来的东航）就率先购进了空客A310，使用并不理想。当时处于计划经济时代，飞机的调配还属于国家统一管理。上海航管局就通过国家计划部门把飞机转租给了西安航管局，现实使用也表明"空客A310飞行成本和维修成本都很高，耗油量较大"，"货舱也太大，来旅游的人带不了多少行李，很浪费"。1988年，经陕西省政府同意后，民航总局的确买进了几架波音757飞机，只是由于诸多复杂因素没有分给西安航管局而是给了广州航管局。但在课题组这边，经过一年多努力，飞机选型的程序基本成熟。既奠定了理论的基础，又显现出了现实意义。

都业富更自豪的回忆有两个，一个是1990年"成都—拉萨"航线的飞机选型，另一个是帮助新疆航空公司选机型。当时成都航管局（即后来的西南航空公司）想开辟"成都—拉萨"航线，"已经拥有的波音707即将退役，图—154虽然可以飞，但由于当时拉萨机场没有油库，图—154必须每次在成都起飞时就要带足返程的燃油，这样客舱的座位就势必要大大减少，很不合算"。成都航管局的人也主动找上门来，请专家帮助论证。当时可供选择的机型主要有波音747和757两种。波音747的载客量高达200人以上，可那时到拉萨旅游的人并没有这么多，没有足够的运量支撑，因此基本被排除。波音757虽大小适中，却只有两个发动机。大家普遍认为四个发动机的飞机要比两个发动机的飞机安全性更高，加之拉萨气候恶劣，因此也很犹豫。就在举棋不定时候，听到风声的波音公司使出了"撒手锏"。他们为了证明波音757的安全性，专门借南方航空公司的一架波音757过来搞了一次飞行表演。从成都到拉萨，一次成功的飞行成为最终的决定砝码，让波音赢得了订单。

1995年，新疆航空公司的6架图—154要退役，新航希望多开辟国内航线，以及"乌鲁木齐—伊斯兰堡"等国际航线。现有的两架波音737—300航程较短，要增加航程就要减少座位数量，造成浪费。考虑到这些因素，波音737—500、空客A320和麦道90飞机进入选型小组的视野，3家飞机制造公司之间也展开了竞争。数次败给波音的空客公司对此次竞争显得特别重视，都业富回忆，"空客驻华代表专门从欧洲总部请了一位英国专家，连同两名中方代表，到新疆航空公司了解情况，做了详细测算，制作了两大本精美的宣传材料，找到航空学院负责机型选择的专家们进行游说"。空客方面努力宣传A320飞机的优越性能和低成本维修，但是专家们在详细分析后认为，A320飞机的维修成本并不像空客说的那么低。空客公司驻中国代表专门来解释，未果，随后又从欧洲总部专门请来专家进行解释。空客一行3人，每次到达航空学院，就与专家们集中讨论，"一讨论就是半天，从机体、发动机、维护、市场等方面全面论证"，经过三番五次的核算后，中方专家最后胜出，空客专家不得不承认有水分，并如实对材料做了修改。空客A320可以实现自动化操作，是相对波音737—300的最大优势，而且成本也比737—300低。当时中国的飞行员还没有接触过自动化操作，刚开始还有点不习惯，后来体验了几次，觉得很好，也便接受了。就在新疆航空公司决定要买空客A320的时候，专家们又发现了新问题。空客A320飞机的气动性（即飞机轮胎对跑道的压力损伤）比较大，虽然乌鲁木齐机场可以承受，但备降机场马兰机场的跑道却不达标。空客公司的人听说后不服气，便主动提出对飞机进行改装，增加轮胎数量，以降低跑道的损耗。可是，中方专家在对改装后的空客A320分析后发现，每架飞机重量增加了34公斤，相当于每次飞行少载一名乘客。这样一算，经济上就不合算了。最后，新疆航空公司还是选择了波音757，空客也输得心服口服。

巨额订单：博弈砝码与现实需求

20世纪90年代以前，买飞机都是由国家计划部门统一进行，然后分配给各地的航管局。1995年以前，中国航空航天器材总公司（简称中航材）掌握着买飞机的权利，1995年以后，最后的决策权收归国务院，由中航材来具体操作，飞机购买中的国家因素更为明显。中航材以前的俄罗斯部、美国部、欧洲部等部门也统一整合，设立了批量采购部。其中的重要背景是20世纪90年代后半期，中国提出要加入WTO，购买飞机在入世谈判过程中成为重要筹码。都业富记忆中的例子，是20世纪90年代中期左右，四川航空公司率先买进了两三架空客A320飞机，使用效果很好，很多航空公司也想要。当时的国家领导人去欧洲访问，一下子签了30架空客A320的订单，回来后各大航空公司争抢，最后还有很多家没分到。后来中美入世谈判进入关键阶段，尤其是美国每次要讨论对话最惠国待遇的问题时，购买飞机就成为筹码，国家为了平衡就买波音飞机。此时的中航材只负责购买飞机过程中的手续性工作，决策权慢慢集中到国家层面。不过批量购买飞机不仅是国家的一种外交手段，还可以节约成本，每架飞机能便宜4%～5%。

课题组的实践也让都业富对于中国现实的飞机购买程序有了深刻认知，总结起来，首先"航空公司的战略规划部门会做一个市场研究计划，主要是考虑运力不足的问题"。比如，哪些地区、哪些航线的运力不足？缺多少？什么时间段不足？旅客的需求是什么？同时还要考虑到自己航空公司已有的机型，买来的新飞机如何与已有的飞机搭配？机场的设施如何？新飞机的保养能力和维修能力可否保障？为此，"一般航空公司的战略规划部会有一个独立的飞机选型室，专门负责挑选合适的机型，前后一般会花费半年的时间"。为了节约成本，航空公司通常不会选择新机型。完成机型选择后，航空公司会向飞机生产厂家提出需求信息，厂家也会提供大量的产品信息和服务信息，甚至会很有针对性地为航空公司的需求量造一套方案。但是，"厂家提供的信息通常是有水分的，会夸大飞机的性能，所以，这就需要航空公司根据自己的专业知识和经验来研究分析、仔细鉴别，经过反复对比才能进入正式的谈判阶段"。同时，航空公司会把自己的购机方案上报民航总局报批，民航总局批准后上报国务院，国务院批准后由民航总局根据各大航空公司的方案，安排中航材进行批量采购。其实，在这个过程中，航空公司都已经和飞机厂家有过多次接触。所以，"民航总局、中航材只是起到一个协调、中介作用，决策权在国务院，但具体决策买几架飞机、买什么样的飞机，决定权还是在航空公司"。随着民航改革的到来，2001年开始航空公司拥有了更大的自主权。在飞机的选择上各航空公司开始着眼于长远战略的考虑，越来越基于自身的市场需求做决定。

回顾起来，"80年代在我国民航中立功的飞机是苏联的图—154;90年代前半期立功的是波音737—300;到了90年代后半期，立功的飞机变成了波音737—700、737—800、757和空客A320。现在，占据我国民航市场的主流机型依然是波音737—700、757和空客A320"。20世纪80年代初，正在服役的大部分苏联飞机到了退役的时候，加之当时苏联实行计划经济体制，飞机生产厂的工作效率很低，飞机出问题后维修困难，有时候甚至买不到配套的零部件。波音飞机得以在80年代大举进入中国，整个80年代，在我国航空市场上，波音排第一，麦道排第二，空客仅排第三。不过从整体而言，因为民航市场尚未充分发育，购机总数并不多。1990—1995年，是我国首次集中购买飞机的时间。波音继续巩固其老大地位，空客开始崛起，麦道逐渐滑落到第三的位置上。1995年开始，空客A320飞机相比波音737—300、737—400，不仅技术上先进，还省油，得到航空公司的青睐。但随后，波音公司有针对性地推出了737—600、737—700及737—800飞机，各项指标又超过了空客A320，尤其是波音737—700，无论从节能上说还是从技术上说，都更受欢迎。也就是从20世纪90年代中期开始，空客开始跟波音在争夺中国的市场上展开了针锋相对的竞争。北京航空航天大学飞机系主任关志东回忆，空客要打入中国市场，所采取的就是低价战略。一架差不多性能的飞机，空客的价格只有波音的70%～80%。不过空客发展很快，在中国的市场迅速打开，现在已经不打价格战了。

现在各个航空公司已经形成了一套较为完整的机型选择班子，也有了一定的经验；而且购买的飞机多为原有机型的改进型，同属于一个系列，不需要做复杂的论证，选型专家也就参与得越来越少了。在关志东看来，现在的飞机购买已经更多地成为航空公司的一种商务行为。波音、空客的销售人员也会经常去航空公司做宣传。对于已经购买的飞机来说，厂家也会提供完善的后期维修服务，甚至波音和空客会派代表常驻航空公司，帮着解决一些非常规问题。例如波音747刚刚改型完毕，厂家的销售代表就到航空公司大谈他们的产品比空客A340好多少，他们对大航空公司研究得相当透彻，"甚至知道什么时候公司需要什么样的飞机，会为公司制订针对性很强的方案"。而且一旦航空公司使用一种机型一段时间后，就会产生依赖。再买飞机的时候，还会优先选择这个机型。另外，飞机厂家会提出一些优惠措施，如免费维修保养等来争夺市场，航空公司有时候会利用这种竞争来做平衡。

民航重组之后，三足鼎立的是国航、南航、东航三大航空公司，根据中国民航网的数据，截至2006年4月，其拥有的飞机总数为636架（南航247架，国航195架，东航194架），其中波音737系列机型总数最多，达到228架，据业内人士分析，这正好反映了中国航空市场的现实。国际上把800公里以下的航线称为支线，但在我国，800公里以下具备运输优势的是铁路而不是飞机。非省会城市的地级市之间的支线航空，由于消费能力不足等各种原因，份额已经从2000年的15%下降到2006年的10%。业内人士分析，我国的支线航空，基本上是没法挣钱的。占据主体份额的是800公里以上大城市往返的中干线，20世纪90年代中期以前，我国国内民航市场存在着"金三角"之说，即"北京—上海—广州"，三个城市之间的运量要占到整个民航市场的15%。1997年香港回归后，深圳成为连接香港和内地之间的枢纽，所以"金三角"慢慢演化成了"金四角"，即"北京—上海—广州—深圳"。而波音737各方面的性能，在这样的航线中最能体现优势。

选择的机型如果与预期用途不符，对于航空公司来说，将成为负债的重要因素。1996年开始，国航为了开辟更多国际航线，与欧美主要航空公司竞争，大批量租赁波音747飞机，这种载客量300人以上的大飞机对于当时中国的民航市场来说却有点"大材小用"，加之航空公司销售能力跟不上，上座率低导致资源浪费，亏损严重。1999年，时任民航总局副局长的王开元调任国航老总，开始大刀阔斧地改革，就是从机型开始，将以前的波音747换成载客量只有其一半的波音737，经过一年多的调整，国航开始盈利。对于南航来说，20世纪90年代雄心壮志要拓展国际航线购买的9架波音777，同样成为难以消化的痛。"这些360座的大型远程飞机，适宜于飞美国这样的长途航线，飞澳大利亚、印尼都太近，飞北京、上海，就算飞机全塞满了，机翼上也挂两个人，还是亏本的。"

不过可预期的中国民航市场未来的更迅猛拓展，让三大航空公司对于扩展各自的机队规模，显现出更急迫的渴望。2005年11月20日，中航材与波音签订了购买70架737－700和737－800飞机的框架协议，目录价格为40亿美元，成为新中国成立后的最大一笔购机订单。但这一纪录15天后就被打破。12月5日从巴黎传来消息，中航材与空中客车公司又签署了订购150架A320系列飞机的框架协议，框架协议总额接近100亿美元。从现实的机型选择上来看，大城市的中干线航空，依旧是争夺中的市场主体。而南航大手笔购买5架555座宽体飞机空客A380的行为，被认为是正在做着再度进军拓展国际航线的准备。在业内人的眼里，"只要看一个航空公司买什么飞机，第一反应就是它将要拓展什么样的航线"。

附件七　都业富口述的四个故事

1. 老伴回来看他的故事

爷爷

你妈不是2018年6月12日去世的吗？好像大体就是在2018年的8月份左右，有一天晚上我做梦，梦到你妈了，你妈她正要走，我不知去什么地方，她说明年来看我。

都军

明年是吧？

爷爷

对，然后就走了。就是2019年6月22日上午大体是10:00左右，我这个窗户开着，突然间飞进了两只小鸟。

飞来两只小鸟，过去从来没有过的，然后到屋里转了一大圈，飞了一大圈，然后要从这里飞走，就在飞走的时候，就在这个位置上，它停下来了。它停下来看我，然后就走了。

所以这个事给我印象太深刻了。

都军

就是我妈可能转世成为一只可爱的小鸟，哈哈，是这样理解吗？

爷爷

是，她就是搁那儿在空中停了几秒钟来看我，其中一只小鸟。

都军

其中一个?

爷爷

对，另外一个走了，她看完我后也飞走了。这是个真实的过程。

都军

你刚才说的第一次做梦是发生在什么时候?

爷爷

是2018年8月份左右。

都军

18年8月份。

爷爷

所以我到现在一直在想，你妈妈的灵魂还存在，好像还时刻在影响着我。你看我感觉就是。

都军

我妈的这些都在这儿，照片都导完了，照片为主，还有录像但时间不长。

爷爷

我就是觉得我现在办什么事都挺顺利。

都军

我妈在保佑你好，我把它弄完了，我把它导过来给你。

2. 高丽沟子的故事

爷爷

从山东省闯关东，最后落脚在临江县的一个叫作高丽沟子的村庄，高丽沟子那地方四面环山，中间有一条小河流过，有个小盆地，我们家就是在那个地方落脚了，还专门盖了都家大院，就在山根上盖了个大院。搁那儿可能待了几十年以后就发生一件事儿，东北那地方土匪比较多，就说土匪看中了我们都家大院。

邢莉

他们想霸占。

爷爷

对，所以有一天晚上去了几十名土匪要闯进我们家大院，我们家大院当时用那个墙围起来的，后来把门就是给踹开了。当时土匪都拿着枪拿着刀，主要是抢劫，所以我们家几代人可能有十几口人就起来反抗，和土匪做斗争，但是土匪都是非常厉害的。

邢莉

对，人家有武器，你们没有。

爷爷

那时候一般老百姓家里头也有一些武器，就防土匪，但武器都是很简单的，一般都是刀之类的。所以我家这些人，和土匪斗的时候斗不过。土匪用枪就打死了三个人，把我的爷爷腿打坏了。这个时候我奶奶胆特别大，她看已经到这种程度了，已经快家破人亡了，就拿出菜刀特别大，其中把一个土匪的脑子给削了半个，后来这些土匪看不得了，这个女的太厉害了，就跑了，就撤退了。所以那个地方经过这么一场什么恶斗以后，再不能继续住下去了。

都军

因为土匪可能还会再来的。

爷爷

对，因为那土匪是很猖獗的，有些土匪讲的是还要报仇。所以我们家搬离了那个地方，后来搬到了临江。说那次打死的三个人当中，其中有两个人埋在那个地方。

后来我母亲去世的时候，我母亲是1944年去世的，把她葬到了我们原来老都家大院那个地方。我父亲1980年去世的，1981年的我把他的骨灰盒也移到了高里沟子，和我妈一起合葬。当时特别有意思，那是过春节的时候，那个地方大雪很深，白雪皑皑的。我记得1981年我回东北把我爸的骨灰盒和我妈坟合在一起了。到现在还有印象，40年前。在合并的时候专门做了一个墓碑，最后合葬就是要烧纸了，烧纸那个情节特别感人，火直接冲天，它不分散的，它直冲天上去。

所以后来2015年咱们去东北是吧？我和都军和你们一起都去了。那个地方，是我们老都家的根。所以都军今天提出来以后，想把那里再整理一下，能把它围起来也一样。

邢莉

这山里是归谁归谁的咱也不知道，应该不是我们的地了。

爷爷

那地的坟是靠山根的，不是吗？

都军

他是这样一个结构，你看这是个山，这里有一块地，然后还有一户人家一个院，我们老家的坟在这个地方，所以说他在耕地的时候这有一条河，耕地的时候是谁也不乐意动这种老的坟地。因为我前两天去长春跟我们在长春的兄弟说要整理一下，所以我想弄个围墙或者矮墙之类的玩意，然后比如说把这里弄个碑，把坟整理一下，换一个字描清楚一点的，因为这是家族呀。因为我爸是独生子，那里边葬着我的爷爷奶奶。

另外两个人又是当初保卫家族大院去世的两个人，所以咱上次去我去了觉得里边都是姓都的，都是都家的直系亲属。

我觉得这种事要对自己的先祖好一点，包括很多人讲对先祖好一点，对我们都有帮助，对每个人都有帮助。

所以我就准备明年清明的时候跟我老爸一块去一趟，然后他教我们怎么做。我希望将来带着馨仪和大晟也好，都能知道自己4代、5代以上的老人在哪里。

3. 口述自己的发展

都军

我给你编辑出版，再过来你接着写，你写完我也写，再过80年大晟写。让我们的家族成员，知道爷爷是怎么成长的，还有我们是怎么成长的。来接着继续分享。

爷爷

我第二次跨越是什么，不懂科学，光教书搞政治工作，后来我找人搞科研，这个大跨越不得了，获得了国家奖，要不然不会得政府津贴，就是第二次大跨越。

那个时候一个最主要的问题，中国整个国际管理落后。20世纪80年代是搞开放，就是要搞管理。我有数学的基础，所以我马上就转，看到管理的前途了，我们国家那么落后，尤其碰到一件事会对我影响非常大。

中国当时改革开放初期买的飞机都是苏联飞机，苏联飞机非常便宜，买它7架飞机相当于买美国1架飞机。可是中国民航各个公司不愿意买美国买苏联的飞机，所以开国务会的时候李鹏总理就批评。

都军

他让民航局买便宜的。

爷爷

对，苏联飞机便宜，他责问说你为什么不买，民航局的领导没有一个答得出来。对吧。

到民航局的也归纳不出这个东西，所以我就接受这个挑战，就研究。到底买苏联飞机便宜，还是买什么性价比高。

都军

其实跟我干的活一样，这不就招标么，到底是为什么不能够低价中标。李鹏的逻辑是要低价中标买便宜的。但是民航的观点是不要为低价中标论，要买性价比更高的。

爷爷

所以我现在碰到一个问题，这是个问题，问题是怎么解决对不对？后来就想到项目经济评价。

爷爷

项目经济评价就是回收期几个指标，但是国内当时没人研究，所以当时我们就请求救运营公司，让他们可以讲一讲这个评价体系。他讲了以后，我们的思路马上就打开了。所以我们就研究到底苏联飞机便宜，还是美国飞机便宜，我们最后结论是美国飞机便宜，我们给提出了理由。因为苏联飞机非常粗制滥造，而且他搞的是计划经济，你的飞机坏了以后，零部件很难得到恢复，买不到，利用率非常低的话，整个成本不都反而高了吗？

美国飞机虽然贵，但它利用率高，可以飞十几个小时。

说话人

你的观点支持了民航的领导，所以你得到了民航局的重用，获得国家奖。

爷爷

对，就是这个项目让我获得国务院政府津贴。

都军

这个项目挽救了很多中国人的生命。其实最大的问题，钱是一方面，更重要的是苏联的飞机故障率特别高，这些飞机掉下来多少次？然后摔死了多少人？但是你现在看这个空客和波音，其实它们的可靠性非常高。

都军

我觉得这倒不是经济问题，而是一个生命安全问题。

4. 爷爷讲奶奶

爷爷

所以他奶奶挺放心的，每当看到大晟的照片、视频，那些你都跟着看。非常乖巧，所以说咱们老都家以后爷爷奶奶都放心了。

爷爷

你要，你爸爸妈妈的行动，你是否都看在眼里记在心里了？

你看看你爸爸妈妈是怎么对待你奶奶的？你就想将来你怎么对待你爸爸和妈妈。爸妈也不容易，知道吗？

尤其你爸爸，他经过了几次考验呐，我刚才讲的是甲状腺，那是小的时候。

都军

那个是扁桃体。

爷爷

扁桃体，对。

后来打击更大的是他的耳朵。

邢莉

是，现在耳朵移植技术还不行。

爷爷

都军我告诉你，我用生物电平衡仪我的耳朵见效果了，我原来耳朵2004年做手术以后一点听不清。我最近用这个平衡以后，把平衡仪三组爪其中一组爪放在耳朵里头。

邢莉

把圆的直接插在里面。

爷爷

对，有一组插上耳朵，然后压住，每次压10分钟。我发现大体是半个月左右，我原来拿收音机放这儿都听不见，现在能听见了。

都军

挺好的，大晟也特别喜欢那个。

邢莉

对，大晟特别喜欢玩那个，拿着就在手里玩，然后我说这是妈妈梳头的，有助于身体健康，你看妈怎么弄，结果她看见了看了以后拿着红点，然后脑袋想搁，我就凑过来，她就叨叨这个给我说两下，他都明白。

爷爷

这个原理我很懂，但是实践经验我就有三个初步的收获了：

第一个耳朵能够听到声音了。

然后你看我的眼睛，这个右眼做手术以后不容易睁开。

第二个是什么？有点白内障，有点动脉硬化，我现在用平衡仪以后，很简单，就是往眼睛那一按，三个爪对着按10分钟，拿下来以后，你就会发现你眼睛亮了。而且还有一个，眼里的一些废物能够排泄出来，所以我最近一阶段眼屎比较多，流泪还有一些黏液，擦完以后眼睛挺亮是吧？这是第二个收获。

第三个收获，我过去属于白天尿少，夜间尿多，这用了十几天以后，现在基本上反过来了，就是白天尿多，夜间开始少了。这个变化是挺大的。

邢莉

对，把您的循环也给调过来了。

爷爷

有点调过来了，这是第三个收获。

爷爷

是这样的，用平衡仪效果最好的是什么？是膀胱经。

膀胱经就是大脊椎往下，平行地就往下输。膀胱经是离着五脏六腑最近的地方。从前面扎针或其他各方面效果都差，只有是后背这个地方效果最好，它离心脏最近，还有一个叫心俞穴，离得非常之近，叫肺俞穴，也就是说离这五脏六腑都很近，所以后背一定要注意是从上往下，这样的说穴法效果最好。现在你妈身体不好，她也顾不了我，我怎么办？我现在就是用两个手，这两个之间只有这么一段距离，没法办了，我现在用那滚的那个东西来锻炼身体，效果也行。

反正总而言之现在用还得总结经验。

邢莉

等会儿馨仪帮爷爷弄弄。

爷爷

那是你妈用的，你妈用的我现在暂时不能用，它一个最大特点什么呢？你身体不好的，电流给你吸出来了，吸出来以后它就容易在仪器里待一段时间，如果你要是不注意，它那发出电是人体的生物电，对人体是有益的，比如说我的东西拿着用的药是给都军用，就容易把我身上有些病带过去。

邢莉

哦，这还不能换着用。

爷爷

是不能换着用，所以我这次是买了四个。

邢莉

那是不是不能给大晟玩呀。

爷爷

哈哈哈哈哈哈哈，别让他玩，到将来我给你买一个。

邢莉

我帮您再多买几个，您慢慢试，咱看哪家方便的，咱拴在那儿，您没事咱蹭一蹭什么的也方便对吧？

爷爷

他一定要手持。

邢莉

哦，手持。

爷爷

手持以后你接触到皮肤它亮灯才有效。

邢莉

不拿手摸它，它不亮。

都军

对，必须手摸着金属。

邢莉

对，他导电。

爷爷

得形成一个循环才行。

都军

大晟喜欢那种亮光，那种红色的亮光。

爷爷

将来有机会，我也给你（指邢莉）爸爸妈妈买一个，反正没有坏处，它自有好处。

哎呀，你（指馨仪）赶快长大吧。

馨仪

我已经很大了，不行了，再长得太高了。

爷爷

他们评价你说你越来越漂亮。

邢莉

怎么这么漂亮，越来越漂亮，女大十八变，那天姥姥不还说大姑娘越长越好看了。

爷爷

越来越漂亮，我告诉你，你知道你的性格随谁吗？

馨仪

我爸？

爷爷

不是。

馨仪

奶奶？

爷爷

是你奶奶，你是属于心里非常没有自私的。有什么说什么，对吧？心直口快。

馨仪

但是不太好吧，心直口快有时候真的能伤到人的心。

爷爷

你奶奶就是这个特点，但是容易伤人，要注意。就是对人说话的时候。

邢莉

还要注意委婉。

爷爷

你奶奶她这一点也是算一件赢得了好多人心，但是也得罪了一部分。但是总体看她心怀坦荡，大家多少都接受了。

邢莉

对这么多朋友都过来看奶奶。

都军

两天来的都是什么状态，好多都是40多年的同学和同事，也有将近50年的朋友过来看。其实都是过去积的德，过去积了这些个，做了很多付出，所以人家很多都是拄着拐棍，然后都是90岁了过来。

爷爷

对，很多都是拄着拐棍来看你妈的，你妈就说话太直。

邢莉

是，妈还是真的说话直，但人挺好，就说话太直。

爷爷

她有时候不考虑细节是吧？对方能不能接受这种，她想什么说什么，和我们这个宝贝（馨仪）是一样的，哈哈。

馨仪

有吗？我觉得我还是有点委婉的。

邢莉

但你有时候就总觉得不想在嘴上去表达出来，你嘴上实际上是一句话顶一句话这样就出来了。

爷爷

就感觉我们都非常喜欢你，你知道吗？

你和家里性格是正好相反，家里特点是什么呢？他是想好了以后再说对吧？你可能是说完以后再想，你们性格正好相反，这是优势互补是吧？将来你和家里关系要处理好呀，亲姐妹。

邢莉

将来以后去美国那边上学也离姐姐近了，就挺好的。

爷爷

对，离得就近了。

邢莉

这两天周末去学托福，从早晨9点一到晚上6点就自己在那儿待着，孩子中午也不回来吃饭，自己门口买卷什么的。

馨仪

挺好吃的倒是。

邢莉

就说这种韧劲挺不容易的，一般小朋友到周末都想自己在家玩，你就自己去上学去。而且的确是见到英语考分噌噌噌往上涨。

爷爷

老都家有个特点，都挺聪明的。

邢莉

你看爷爷他爸爸对不对？你看你爸多聪明，基因非常好，还有你奶奶。

爷爷

你奶奶反应特别快、特别好，所以你这个基因好。挺聪明的，反应挺快的，所以你生在一个好的环境里头，遇到了好爸爸妈妈，你看你那么小一点跑了世界各国，谁能做得到，哪个家庭能做得到。

对吧？所以恩情永远不一样。美国留学当然是好，但是你要考虑到将来必须回国。

馨仪

那倒是。

爷爷

发展是很困难的，我知道。你看华人在美国能得到上层的，很少，都是做基层工作。你看你姑姑是吧？你姑姑在加拿大十几年了，进不了上层社会，很不容易。

所以，你爸爸发展你知道对不对，他走那条路你要好好学，你知道你爸爸最大优势是什么吗？没注意吧，我也没完全总结，但是我看了两点，第一你爸爸处理事对待人非常讲分寸，他的人际关系相当好，他的朋友特别多，而且都是铁哥们儿，就是以诚相待，要容纳别人，不要和别人老吵架，闹别扭。

你爸这个优点是我们老都家他做得最好。

邢莉

是，他情商很高的，我觉得他都不像弟弟，我觉得他像个哥哥，我说你在家那么行老，怎么还这么会办事呢？对，真的特别像哥哥，就好像他是一直在家里很有担当的样子。

爷爷

他非常会处理这事。

第二你爸特别能闯，知道吗？从天津摩托罗拉看企业不行了，赶快改变方式闯过去了。

邢莉

应该从大学自己闯过，那也算是一个对吧？敢闯。

爷爷

爷爷也敢闯知道吗？爷爷以后会告诉你的。

邢莉

爷爷也是从东北小村里闯出来的。

都军

您也把上午那个故事再给都馨仪讲一遍，就是你小时候的故事再简单地说两句。

邢莉

享受国家级津贴的教授爷爷。

爷爷

有机会我会和都馨仪讲的。

邢莉

给爸喝点水。

爷爷

不用，我刚喝。

你的任务也很繁重，你知道吗？因为什么？你和你弟弟间隔时间挺长的，十年。所以你还得照顾你弟弟，有一点我非常欣赏你，你和你弟弟关系非常好。

馨仪

那当然！

爷爷

这个不容易的，在现在的社会里头这样的孩子很少见，所以我和你奶奶很欣赏你这一点。

馨仪

主要是我弟挺小的，和我差10年，他要跟我抢东西，他肯定也抢不过我呀，哈哈。

爷爷

哈哈哈哈哈哈哈。

都军

哈哈哈，所以姐姐不跟弟弟抢东西。

你知道吗，爷爷跟奶奶一起生活了49年。过去奶奶住院之前，基本都是奶奶照顾爷爷，爷爷只有在春节老爸回来的时候才会做饭，平时都是做研究。生活上的事都是奶奶照顾爷爷。但是自从奶奶住院整整10个月，300天，爷爷再也不碰他的工作上的事儿，每天都在照顾奶奶，给奶奶做饭，尽管过去不会做饭，天天在网上查"我该怎么做，对奶奶现在的身体是有帮助的"，自己研究自己做饭，然后每天去研究奶奶的病，该怎么做怎么治，包括这次在医院抢救的时候，连医生都没有什么办法的时候，是爷爷在网上想办法、查资料，然后做分析，给大夫建议能不能来点中药配合，不要光用西医的方式，我们换一种方法，因此感动了这些医生，医生都觉得是不可能的事，但是因为爷爷提出了这些想法，连医生都主动地去配合去做。我想说爷爷在这些事情上最重要的一点是什么？想尽一切办法不放弃。尽管知道这是不可能的，很难的，但是你从来没在爷爷身上看到任何放弃的理由，所以整个医院里边不管是医生还是护士，最钦佩爷爷这点。爷爷跟别的家属不一样，别的家属可能只是着急，只是对亲人特别地思念，但是爷爷是既对亲人思念，同时真的在自己想办法，而不是光着急。

邢莉

对，不是乱了阵脚不知所措，而是自己努力地想一些办法能够帮助自己的老伴能挺过这一次。

都军

而且也不知放弃，对，一直很乐观。

邢莉

一直很积极，我觉得精神太难得了。

都军

感动了所有的医生，甚至医生都说把奶奶没有当作病人来看待，把奶奶当作自个家人，这一点其实是最难的。你想医生和病人之间的关系，你想医生一天每天对20个病人，对哪个病人只是工作，很难把一个病人当作自己的家人，但是为什么能把奶奶当作自己的家人？不是因为别的，都是因为被爷爷对奶奶这个态度和精神感动了，人家才会把奶奶当家人，所以这是完全不一样的概念，所以我想说我们要好好向爷爷学习。

爷爷的这49年都是奶奶照顾他，爷爷很开心，是奶奶支持爷爷。但是并没有说爷爷就养成这个习惯不会照顾人了，而是说一旦奶奶有需求，爷爷就会把自己其他的事全放弃，再全心全意来照顾奶奶。所以我想这一点就是感情。

爷爷

爷爷也有没有太大的本事，但是有一条，就是知道感恩。爷爷能做点成绩出来，现在应该说在老都家里了，还是做得比较多的。我的成绩大多数还是属于奶奶的，他成天伺候，我确实属于饭来张口的人，没有她的支持，我就不可能取得这个成绩，知道吗？

爷爷

所以我一直抱着感恩思想，这次机会来了，奶奶病了。所以我很自然地放弃了一切，去照顾你奶奶。宝宝，长大以后，爷爷可以作为参考。

爷爷

爸爸妈妈是怎么做的？你爷爷是怎么做的？不要受社会上的影响，有些小朋友想法是好的，但是还有部分小朋友不是很好。你们家里环境很好。所以从你现在就应该把孝敬父母、孝敬爷爷奶奶、孝敬姥爷姥姥放在心里，你是个好孩子，爷爷和奶奶都看得出来，是吧？尤其你和大晟在一起玩，我们看得非常开心，所以我们对你和大晟是充满信心的。

尤其你要好好带大晟，不仅不和弟弟争东西，这个不是重要的，哈哈哈哈。

要大晟也很快成长起来，让大晟很好地孝敬爸爸妈妈，啊。

都军

你要教弟弟该怎么做事、怎么做人。

邢莉

我们用自己的行动来带动你，你用你的行动来带动弟弟，你是他的榜样，我们是你的榜样。

爷爷

尤其现在你爸爸事很多，妈妈压力很大，怎么为他们分忧愁，尽自己的努力，在不影响学业的前提下，多做点活，干不了大活干小活，要学会帮着爸爸妈妈解忧愁。

爷爷

你们今天回去吗？

都军

今天不回。我们这两天一共三个活动，下午去看我妈，晚上大家是共同的送路，明天上午去追悼会，等这三个事都做完了，明天下午再回去。

馨仪

多陪陪您。

邢莉

对，我们就想多陪陪您。

爷爷

我没事，你就放心，我倒想好了，你妈妈走了以后，我一段时间内不会离开这个家的，过去怎么生活，还怎么生活。过几个月以后，我很可能到你们那儿去看一看，我看看大晟去。

邢莉

就是担心您自己在这屋里总是想妈妈，然后这心情就不太好。

馨仪

但是我们每天可以……

爷爷

没事这是不可避免的，就是你妈妈的形象在我脑海里头是不可能磨灭的。

所以这种思念心情你们应该理解，但是你要相信你爸有这个能力会控制好自己的。

邢莉

咱每天可以视频通话，看看大晟，您每天还能开心一小会儿对吧？

你总是能看到希望，看见孙子、看到希望对吧？

爷爷

说实在的，我是担心都军身体，知道吧？

邢莉

是，这段时间公司刚起步，血压现在也都上来了。

爷爷

是，他血压挺高的，下来光靠吃降压药不行，对人的肾脏伤害太大，你每天一定要学会多梳头，我每天现在是三次。当时梳完以后过个一二十分钟血压就下来了，但是有个特点，过一段时间它又上来了，但没有关系。

这主要是什么原因呢？你把这个体表电流不好的吸走了，深层次的不好的电流，没有出来，所以要连续地做。

邢莉

他主要睡觉太晚，每天都弄得他压力大。

爷爷

他工作压力大。

邢莉

我跟他说你一定注意休息，他白天也没时间睡，对吧？晚上一写报告写弄得他没时间休息。

爷爷

他压力很大，我这次和都军讲要学会——用人。

邢莉

对，我觉得他手底下没有太能干的。

爷爷

要学会减少一些自己的压力。

当领导不要什么事都去管，你要怎么监督别人去做好，是吧？所以都军现在是我们家顶梁柱，绝对的吧？所以怎么保证都军身体健康，也是你（邢莉）的一个最大责任。

邢莉

是。

爷爷

所以你的压力非常大，老的、小的和你同辈你都要考虑。尤其是两个，一个是你爸爸妈妈，一个是大晟。太老太小，是你对他们两个既要照顾他，还要照顾都军，还有馨仪？

邢莉

馨仪她现在是我的小帮手，可乖了，现在什么都不用我操心，都自己来，独立性特别强。

爷爷

爷爷在像你这么大的时候，我念小学，我就跳了两个年级，本来是念二年级对不对？念二年级我上了四年级，我念四年级我上了六年级。

馨仪

那您当时年龄是不是太小？

爷爷

那时候是允许跳级，现在可能不允许跳对不对？

邢莉

说明您的成绩特别突出。

爷爷

是，那时候家里穷。

邢莉

这么点小就懂家里穷，就开始奋斗了。

爷爷

我初中毕业以后，因为家里穷念不了高中，念了师范，但是我又不甘心，不甘心当个小学老师，所以我就下了决心读书。

我用了将近一年时间把高中三年级的书都自学完了，然后考大学，考上了。

我是1957年初中毕业，1957年下半年上师范，到师范待了两个月，我就不干了，回家自学，白天黑夜地学，高中三年级这个环节都是自己学的，就是靠自己学，自己思考，一点点来。

爷爷

我爸爸那时在林业局，完了我和我爷爷奶奶在一起，他们两个都六十几岁了，文化程度很低，完全靠自学，那时候自学苦，没有电灯、煤油灯，有时候晚上看不清楚，你越靠近煤油灯，头发经常烧焦，非常苦。

邢莉

那会儿也没有网络，不会的题也不能上网查，都是自己在那儿扣。

爷爷

都是自己扣的。英文字母我也不会念，我就找是什么意思。

我考上大学的时候都不会念的英文字母是什么，写的ABCD对不对。

邢莉

不知道，那会儿好像没听力。那会儿他那边只是没有阅读理解。

爷爷

那时候是学俄语。

邢莉

俄语。

爷爷

初中是学俄语，没有英语。所以你（馨仪）的基因是你爸爸妈妈给的。

都军

也有一部分爷爷的。

爷爷

但主要是靠你们俩的。

爷爷

好好奋斗吧。

邢莉

我也特别希望您能够去我们那边深圳，跟我们待一段时间，然后给馨仪讲讲您的故事，然后用您学习精神能带动他。他现在别看个子这么高，实际上还是小宝宝的样子，她天天嘻嘻哈哈的。

爷爷

现在十几岁和我们那个时代十几岁不一样，你知道吧？这是社会环境造成的，他们是生活在非常幸福的时代。

邢莉

还有老爸在，压力对她来说就没什么。

爷爷

都军、都红这两个孩子在现代社会算优秀的。你看都红把你们家里照顾得井井有条。她自己单位个人工作处理那么好，更重要的是在她妈妈病重的时候。那么全力以赴地照顾她爸爸妈妈。很难得，在这个社会是非常难得的。

你看有些孩子、爸爸妈妈生病、在国外留学，不回来，回不来，你看你（都军）姐姐回来四次。所以这个东西最根本的还是属于都军和都红小的时候，他们妈妈教育出来的，当然后天自己的成长都有关系。

都军

而且这两天才知道，其实奶奶这一辈子一直是很劳累的命，就是我的姥姥，都馨仪的太姥姥了，在床上躺了9年。那个时候舅舅，就是舅爷爷在新疆，那个时候家里只是靠着奶奶又得要去上班，又得要去照顾躺在床上的姥姥。那个年代姥姥也是1975年。

邢莉

白天上班的时候谁照顾？

爷爷

你（都军）姥爷，对。他妈妈虽然是瘫痪了，但是有一条，她能够坐起来，而且能够说话吃饭，什么也不方便也都行，但是有关治疗他爸爸是不行的，怎么照顾详细一点，活还是靠你妈妈去做的。

所以你妈妈是个孝子，尤其我经常不在家，把都军、都红抚养大，主要是靠她。

所以我老伴去世，对我的心灵冲击是很大的。这么好的一个人，尤其她这性格，我跟你讲，我们两个结婚49年，没有红过一次脸，互相都很理解，根本就没吵过一次架，相处得非常和谐。

馨仪

这就值得向姥姥姥爷学习一下。

爷爷

从来不吵架。

邢莉

夫妻在一起不就是互相一个忍，一个让。爷爷就属于那种忍让的，因为你姥爷属于忍让的，你爸爸也属于忍让的，呵呵。

爷爷

是，有时候看我老伴着急了，我最后就退让，他看我着急她抬腿。有时候不高兴她不说话，我也是得自己消化自己理解对方，这一点很重要。

邢莉

对，站在对方的角度考虑问题。

爷爷

你看你妈对外她挺敢说的，不管是碰到什么问题，说出自己的见解、对方的好与坏。在家里头，她从来不说我，事实她对我很清楚，她怕影响我。

邢莉

其实妈要说没有血栓的话，身体挺健康的。

馨仪

为什么之前没有查出来呢？

爷爷

它最根本的还是属于1989年得的房颤病，这个是最主要的。

邢莉

可那不是跟心脏也没关系吗？

都军

房颤能把心脏里边的一个小血块震动下来。心脏里都会有一些小血块，然后正常跳就没事，然后它这样会容易震掉，所以导致了血栓。然后栓在腿上就要血栓，栓在心脏就叫梗死，栓在脑袋上就叫脑梗。

邢莉

奶奶也不是不治，前段时间爷爷不是说奶奶治了，去美国不还病过一次了。

都军

但是是下拴下边还好办，就可以治。在脑子里没有办法做这个手术。

邢莉

这东西说不好，奶奶不太爱喝水也有关系，反正血黏度也比较高，就那些血栓它自动就形成了。你知道吗，你得多喝水，然后多吃水果。

爷爷

你奶奶得了4次血栓，都是到医院治疗好了。

馨仪

回来然后又得吗？

都军

好了三次，这种事就一定不能说运气也好，包括这种特别好的状态，奇迹不会总发生。

邢莉

后来不吃药是有点尿血是吧？对是尿血，然后奶奶就说想停停再吃，结果这一停时间太长，停三个月。

爷爷

是吧？他是4月十几号停的，是将近三四个月。

邢莉

所以一个血栓就形成了，没想到这次就堵在脑子上了。

爷爷

还有一个宝宝要注意一个什么问题？控制吃油腻的东西，尤其杂的东西，可以吃点肥的，但不能吃太多。第一油容易粘在血管上，全身不都有血液循环是吧。油容易粘在血管上，如果粘得多的话，血管就越来越细了，通过的血量就越少了，你知道吗。

这是第一条，油腻尽量少吃，不是不吃，不吃也不行。

第二条，人呐，不管是谁，身上都有血块，小孩也有，像我们年龄大更有。但是有一条，小孩的时候精力比较旺盛，循环比较好，年纪大就不行了。

爷爷

所以年纪大的时候，像你们两个就应该逐渐考虑把健康放在前面。

馨仪

健康放在前面?! 这么晚睡能行吗？

爷爷和邢莉

哈哈哈哈哈哈。

邢莉

现在她爸爸天天工作太忙，他要不睡我就睡不着。所以带得我也睡得晚，感觉现在天天我们俩睡眠时间就说是一点两点这种状态太晚了。

爷爷

你知道一点点两岁能得什么病吗？

邢莉

各种病呀。

爷爷

不是。

爷爷

最容易得的是肝病。

馨仪

对对对。

爷爷

第二是胆。

邢莉

我肝就不太好。

都军

您先歇会休息会儿，一会儿吃饭去。

附件八 赵景英回忆录

赵景英

女1943年1月生人（农历）。

河北省青县赵辛庄人，工人出身。

1966年6月入党，介绍人吕登科、王锡龙。

毕业于天津师院化学系。1965年7月参加工作。

简历：

1958–1961 天津实验中学天津河西区平山道1号。

1961–1965.7 天津师院化学系学生天津河西区卫津路241。

1965.7–1968.12 天津市教育局协助工作。

参加社教运动，待分配。

1968.12–1970.10 和平区反修中学教师。

1970.11–1984.5 和平区教育局人事科干部。

1984.5–1999.3 和平区政府人事局。

其中1986 任人事室副主任。

1991.5 任人事室主任（局长）。

1969.4.14 结婚，爱人都业富。

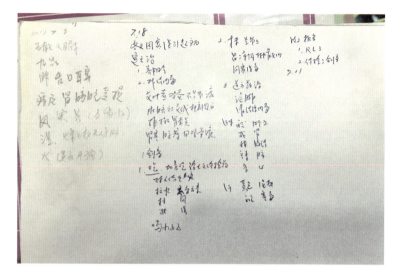

赵景英的日常记录

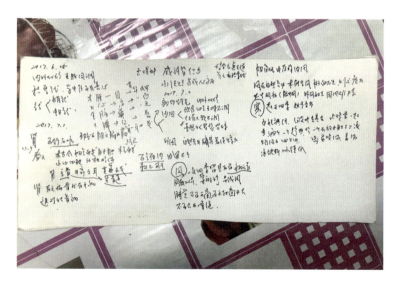

赵景英的日常记录

附件九 2013年赵景英给外孙女郑嘉睿的第一封信

嘉睿：

你好！近来学习好吗？玩得美吗？

今天给你写信一方面咱祖孙两人用文字沟通，谈谈心里话，另一方面姥姥写字也是练手，防止长期不写会忘字。

第一封信，写什么呢？就写你妈妈吧，她生下来可小啦，又小又弱。你可不一样又大又壮，哭声又响亮，具体多重，问问妈妈，一定要记住哟。

我见到校长奶奶，她很关心你，让你努力学习，也不能忘了中文汉字，多读书，坚持练好钢琴，长大做一个有出息的人，她还说同学都想你，他们都说郑嘉睿真幸福。

你妈妈上小学时，正赶上大地震，没有教室，只有在大棚子里上课，没有桌椅，自己带小板凳，很辛苦。可你妈学习真不错，具体情况问问你妈妈。你现在太幸福了，上课有桌椅，下课又玩游戏，真美。你一定要，努力学习，争取前三名。听老师和妈妈的话。看一看你认识多少字，要学着给我写信。祝你学习进步，跟同学要团结，生活快乐。

郑宝宝再见啦!

爱你的姥姥!

赵景英

2013.3.10

附件十 赵景英的悼词（同学黄玉昆念诵）

致赵景英悼词：

今天我们怀着十分沉痛的心情，悼念赵景英。她因病医治无效，于2018年6月12日下午3时45分与世长辞，享年75岁零91天。

赵景英，无论是作为教师，还是天津市和平区人事局局长，她总是不忘中国共产党的培养，心怀坦荡，呕心沥血，一丝不苟，老老实实做事，清清白白做人，受到党和政府充分肯定，获得"区级三八红旗手""优秀共产党员"等各种荣誉称号并"立三等功"。

她严格要求自己，过着艰苦朴素的生活，但对同事、家庭及亲朋好友总是满腔热血，善解人意，乐于助人，做了大量好事、善事，受到人们的敬仰与尊重。

赵景英的一生，是为党和人民勤奋服务的一生，是艰苦奋斗的一生。

她的去世让我们失去了一位好同事、好同学、好邻居、好妻子、好母亲、好奶奶、好姥姥、好亲人。

但是她的高尚品质与崇高的思想境界是永存的。

赵景英，安息吧，我们永远怀念您！

附件十一 都业富悼词（都军念诵）

尊敬的各位领导，各位来宾，各位亲友：

首先我代表我全家，向前来参加我父亲追悼会的领导、长辈和亲朋好友表示衷心的感谢！感谢大家在百忙之中前来和我们一起分担悲痛，向我最亲爱也是最敬爱的父亲做最后的诀别。

今天我们在这里沉痛悼念一个为党为民航事业奋斗一生的我的父亲，他老人家正值颐养天年之际突发心肌梗死导致心衰，于2021年11月27日清晨7：35离开了我们，终年82岁，让我们所有人陷入无限的悲痛之中。

我的父亲16岁独自一人离开东北老家，在四川、江西和天津留下了他跟随党和民航事业奋斗一生的足迹，清清白白做人、勤勤恳恳做事是他的人生至简的行为准则。因为他做出的突出贡献，他被评为中国第一批国务院特聘教授之一。他是一名好老师，严于律己，宽以待人，严谨治学，刻苦钻研，带出了一大批好学生。他曾经非常自豪地和我说，在民航系统和各大航空公司都有他的优秀学生。退休超过二十年的他，没有离开天津去儿女身边生活是因为他最喜欢去的地方就是他工作生活超过40年的民航大学，和同事、同学们一起研究课题，为推动民航事业发展尽心尽力。

他是一个好丈夫、好父亲，一生都在用双手，竭尽所有支撑着这个家。他和我的母亲相濡以沫四十年，相互陪伴，从未吵过架。母亲病重住院期间，父亲在她身边细致周到地照顾了10个月。我和我姐姐小的时候，他用温暖的大手牵着我们的小手，保护我们长大。当我们真的长大了相继离开天津去别的城市奋斗的时候，他从不阻拦，而是无时无刻不思念着我们。当我们回来看他的时候，他每次总是装作轻松的样子，微笑着说没事儿，回去吧，但我记得我每次离开他的时候他的眼角掉下的眼泪，每次都让我心碎。但他教会我更多的是勇气和担当，和他一样勇敢面对和担当属于我们的责任。

他的亲友、同事、邻居都说他是一个特别慈祥、随和、可爱可亲的小老儿，他从来不给别人添麻烦，和大家说得最多的是没事儿，谢谢你。

父亲的离世，带给我们深深的怀念。您最疼爱的儿孙们来送您了，您生前的亲朋好友们都来送您了。您陪伴了我四十五年，您没有真正离去，您一直在我们心中，您只是化身成为一颗星星，当我想您的时候，抬起头来就能看到您一直在那里笑着注视着我。

最后，我代表我的家人，再次向出席追悼会的各位领导和所有的亲朋好友表示衷心的感谢！